ピンクトントン
異世界で土地を買って農場を作ろう
15
Let's buy the land and cultivate in different world
著 岡沢六十四 Illustration 村上ゆいち
グラシャラ
「さあ、始まりました！ ピンクトントンと
魔王妃グラシャラによる世紀の一戦！
双方、過去は戦場に生き、
何度も戦ってきた
ライバル同士！
引退してもはや
現役復帰はないかと
思われた夢の一戦！」
「あぁーーっと
いきなりグラシャラの方から
仕掛けてきた!?
タックルが来た！ タックルが来た！
しかしピンクトントン堪える！
さすがの粘り腰だ！」

「人魚族もこのお祭りに加えていただこうじゃない。アタシたち六魔女が人類最高ってことを証明してあげるわ!!」
プラティ
シルバーウルフ
「いつも通りの探索を行えばいい。それで敗けることなどないはずだ」

「面倒くさい……」
ベルフェガミリア

ヴィール
ホルコスフォン
キダン
たこ焼きパーティー!

異世界で土地を買って農場を作ろう
15
著 岡沢六十四
Illustration 村上ゆいち
Let's buy the land and cultivate in different world

# contents

Let's buy the land and cultivate in different world

# 最強四天王訪問



俺ですが……。

緊急事態です。

ベルフェガミリアさんが農場に訪問してこられた。

魔王軍四天王の一人、しかもその中で最強と呼ばれる男。

実力は、魔国の王たる魔王さんをも凌《しの》ぐと言われ、実のところ四天王最強どころか人類最強を名乗ってもおかしくないとかされている。

また前魔王さんの非嫡出子でもあり、その気になればみずから魔王の座を簒奪《さんだつ》することもできるという設定てんこ盛りなお方。

これまで我が農場と強いて関わることがなく、農場に来ること自体まったく皆無だったのであるが、今回お迎えすることとなった。

何故《なぜ》か唐突に。

いつかは、そういう日が来るかもとは思っていたのだが、何の前触れもなしに来るところが意表を突いて……。

この人らしいという気がしないでも……。

「ベルフェガミリア様が……!?」

「数百年ぶりに任命された魔軍司令……!?」

「あんな超大物まで訪問してくるなんて……この農場やっぱ凄《すご》い……!?」

と言って驚くのは、農場に留学している魔族の若者たちだ。

彼らも元来の所属は魔王軍だけあって、彼のこともよく知っているようだな。

それに対し、人族や人魚族の留学生たちは……。

「あれが魔王軍の四天王？　なんか弱そうじゃね？」

「表情もほややんとしてるしさあ？」

「全体的に覇気がないというか、あんなのが魔王軍最強だなんて、ちょっと拍子抜けね？」

と舐《な》め腐ったことを言っている。

たしかにベルフェガミリアさんは、常に隙あらば怠けようとするし、覇気の欠片《かけら》もない。

素人であれば、押し隠された強さの片鱗《へんりん》も見つけ出すことができない。

彼の強さの類《たぐい》とはそういうものだ。

同じ強者だけが、彼の強さに気づいて恐れる。

その証拠に、のほほんとしている学生たちとは対象的に、ベルフェガミリアさん訪問と同時に緊張感がグッと上がる者たちがいた。

農場で働くオークやゴブリン全員だ。

「なんだこの不気味な殺気は……!?」

「わかるようで捉えどころがない……!?　こんな怪しい気配は今まで感じ取ったこともない!?」

「それでいて強さ巨大さはハッキリわかる。押し隠そうとしてなお隠しきれない。重厚さ……！

それが真の強者というものなのか……!?」

わかる者にはわかるってことらしい。

オークゴブリンたちだけでなく、ポチたちも彼を見るなり姿勢を低くして唸《うな》り声《ごえ》をあげていた。

「グルルルルルル……!?　クーンクーン!?」

獣の野性も、強者の奥底を見抜くことができるんだろうか？

「あの男、できるですー？」

「あたしたちじゃなきゃ、みのがしてるですー？」

そして大地の精霊たちも気づいたようだ。

何故？

とまあ、そうした周囲の反応はいい加減にしておくとして……。

ベルフェガミリアさんご当人のことだ。

「いやあ、ここはいい場所ですね。静かで長閑《のどか》で平和で、僕もこういうところで年中怠けていたいものですよ」

お褒めいただきありがとうございます。

しかしここで怠けている者などヴィールを除いて誰もいませんがな！

「それで、今日はどのようなご用向きで？」

「ZZZZZZZ……」

「寝るなッ!?」

ちょっと目を離した隙に、その辺にハンモック張って寝始めやがった!?

なんと鮮やかな手際?

この輩《やから》、怠け慣れしておる!?

「しかしこの農場にいる限り怠惰など許さない！　目覚めよ！　そして歓迎を受けるがいい!!」

「うわはー？」

ハンモックをひっくり返し、ベルフェガミリアさんを地面に落とす。

「ZZZ……」

「しかしまだ寝てる!?」

真の怠けを極めた者には、地べたであろうとベッドの上と変わらないのか!?

「しかし起きてください！　アナタ何のためにウチに来たんですか!?」

「あははは、すまないね、この地があまりに寝心地もとい居心地がいいもので」

肩をガクガク揺さぶることで、やっと御起床くださったベルフェガミリアさん。

ヤバいぞこの人。

明らかに今まで出会ってきた何人かと同じ、話が一向に進まないタイプだ!!

「そうそう用件ね。もちろんそれがあって訪問させてもらったんだよ。でなきゃ自主的な外出なんてしないよ、この僕がー」

「自慢になってませんよ？」

「自慢じゃないけど、僕は怠けることに命を懸ける男だからね。何人《なんぴと》であろうと僕の怠惰を邪魔することはできないよ。相手によっては僕の怠惰を邪魔すると殺すよ？」

冗談を言ってる目じゃない。

「でも問題は、殺したくても殺せない相手かなー？　そう言うヤツが騒ぐと僕の方も大弱りさ。基本的な対策が取れなくて」

「基本的な対策って……？」

殺すこと？

「今日お邪魔させてもらったのも、そういう類の問題なのです。殺したくても殺せない、僕の怠惰を邪魔する者を、アナタたちに何とかしてもらおうと思って……」

「はい？」

説明も不足のまま、唐突に何かを手渡される。

一体何だと、俺の手中に移されたものを眺めてみると。

髑髏《どくろ》だった。

あるいはしゃれこうべ。

人間の頭蓋骨とも言う。

そういう言われ方が一般的だろうけど。

「………………！？！？！？！？！？」

何故俺は、唐突に頭蓋骨を手渡されているんだ？

どういう展開だこれは？

こんなんホラー映画だってないわ。

ビックリさせよう怖がらそうにしても突然すぎて理解が追い付かない。

状況の異常さを理解してこそ恐怖が生まれるんですよ!?

何にダメ出ししているんだ俺は!?

「さすが農場主さんは魔王様が認めるだけのことはあるねえ。突然頭蓋骨を持たされて叫び声も上げないなんて。肝が据わっている」

「以前もっと衝撃的なものを持たされたことがあるので？」

ソンゴクフォンの生首（のようなもの）とか……!?

あれのインパクトに比べたら、生々しいものがすべて削《そ》げ落ちた頭蓋骨ぐらいで今さらねえ？

「で、この頭蓋骨が何なんです？」

復元して生前の身元を特定しろとでも？

ウチはそんな科捜研みたいなことはしてないんですがねえ？

『ぐおらーッ!?　無礼者ッ!!』

「うわッ？」

いきなり喋《しゃべ》り出した!?

何がって？　俺の手の中にある頭蓋骨がだ。

これにはさすがにちょっとビックリした？

『我をモノ扱いするか！　この偉大なる皇帝を！　ノーライフキングの皇帝を!!』

「うわあああ……!?　ベルフェガミリアさん？　益々《ますます》何なんです、これ？」

いや、自己紹介自体は、既に本人がしたような気もするが。

「ノーライフキングの皇帝。その成れの果てさ」

ノーライフキング!?

というとあの!?

我が農場ではすっかりお馴染《なじ》みの!?

「世界二大災厄の一方。ダンジョンの淀《よど》んだマナを吸収することによって人間であることを超越し、紛《まが》い物《もの》の永遠を得た怪物どもさ。コイツはそのうちの一体」

と言って頭蓋骨をヒョイと摘《つま》み上げる。

頭蓋骨のどこに摘み上げる部位があるのか謎だが。

「ですが、この髑髏、俺の知っているノーライフキングとはけっこう違うんですけど……？」

いや、よく考えたら変わり種すぎるノーライフキングとはもう知り合いだった。

猫とか。

「一番の違いと言えば……、頭部だけなんですか？　普通だったら他の部位もしっかり揃《そろ》っているはずでは？」

手足とか胴体とか？

頭部だけじゃまるで、パーツごとに買って全然揃ってないプラモデルみたいじゃないですか？

「これには深いわけがあってね……。コイツはもう既に敗れて力を失っているんだよ」

ベルフェガミリアさんの話によれば……。

この皇帝というのは野望を持ち、世界全土に攻め込もうとしていたらしい。時は人魔戦争の終結直後。まさに挙兵せんとしていたところ先手を打って殲滅《せんめつ》させたのだそうな。

「ベルフェガミリアさんが倒したんですか!? 凄いですね!!」

「いや、皇帝を倒したのは通りすがりの旅行者さんらしいよ。世界の危機を救ったあと名も告げずに去っていったんだってさ」

何それカッコいい……!?

世界にはそんな英雄が、名を隠しながら住んでいるというのか? 一体誰なんだろう?

「僕はその後始末を命じられただけさ。その時この頭蓋骨を回収したんだけど……?」

話は再びこれに戻ってくる。

名もなき英雄に倒された皇帝。

しかし倒しても殺せないのがノーライフキングの恐ろしいところ。

五体砕かれ、頭部のみとなってもしぶとく生き残る、この怪物が新たなる騒乱を引き起こそうとしている。

「崩壊したコイツの根城から、コイツの頭蓋骨だけ回収して、はや百五十年……」

『二年ぐらいしか経《た》っておらんはずだが？』

「おやそうだっけ？」

『なんで正真正銘ノーライフキングである我を差し置いて、お前が不死者ジョークを飛ばすんじゃ？』

「時間の感覚がおかしくなるのは不老不死あるあるだからねえ」

なんでこんな軽快にボケツッコミを応酬させておるんだ？

ベルフェガミリアさんとノーライフキングの皇帝。

「でも二年もあれば充分らしくてね」

「何がです？」

「コイツが復活するの」

「えぃいッ!?」

ベルフェガミリアさんの話によれば、回収してきた皇帝の頭蓋骨を家の物置に放り込んでおいたらしい。

「なんでそんな無造作に!?」

「だって後始末面倒そうじゃない。とりあえず仕舞っておいて、どう処理するか後々考えておこうと思ったら……忘れてた」

いかにも面倒くさがりがやらかしそうな！

そうして存在を忘れ去られていた皇帝。

物置で誰の目にも留まらないまま、周囲のマナを吸収して少しずつ体を復元し、たっぷり二年かけて完全復元したのだという。

「完全に五体復元したコイツが、物置から出てきた時はそりゃーもうビックリした！　ビックリしすぎて二度寝するところだった！」

「驚愕《きょうがく》の際のリアクションじゃない!?」

ベルフェガミリアさんのお家としたら、当然魔都にあるんだろ？

地上最大の都市でノーライフキングが暴れ回るとか普通に考えて亡国の瀬戸際だけど、最初に発見したのがベルフェガミリアさんだったのが不幸中の幸い。

ワンパンで瞬殺し、事なきを得たという。

「そして再び頭蓋骨のみとなったのがこれです」

『くっそー！　なんで我をこんな簡単に倒せるのだ!?　我はノーライフキングの皇帝なるぞー!?』

この場合、ノーライフキングの皇帝が弱いのか？　それともベルフェガミリアさんがアホみたいに強いのか？

世界二大災厄という脅威の認識がぐんにゃり歪《ゆが》んできておる。

「いやいや、勘違いしてはいけないよ？　ノーライフキングは普通に災害級のバケモノだからね。甘く見るなんて絶対ダメだ」

「アナタが言うと説得力があるような、ないような……!?」

「実際のところ僕でも、このガイコツは手に負えないんだよ。そりゃ瞬殺はできるけど完全には殺しきれなくてね。何度でも何度でも復活する。復活するたび僕が何とかしなきゃじゃ、面倒くさすぎるでしょう？」

「最後に本音が集約されている？」

そして、話の本題がついに現れる。

「魔王様に相談したところ、ここを紹介されたんだ。聖者さんならきっといい手を考えてくれるってね。このガイコツを永遠に葬り去る方法を」

それでベルフェガミリアさんは、遠路はるばる我が農場へと足を運んでくれたのだという。

まあ転移魔法があれば一っ飛びなんだけどね。

『フフン……、下等なる生者どもめ……！　命に縛られた貴様らがどれだけ無い知恵を絞ろうと、この皇帝を滅しきることなどできぬわ！』

不敵に語る皇帝。

頭部のみで生意気な口ぶり。

『我は皇帝、究極の侵略者。禁じられし秘法によって生のくびきを脱し、命なき者の王となったからこそ我は永遠！　生の時間という有限の内にある者どもが、無限たる我に届くことなどありえぬわ!!』

「って言ってるんだけどさー？　どうしたものか？」

一応困ってる風ではあるが、心底困った様子でもないベルフェガミリアさん。

きっとこの人、本気になったら何でも成し遂げちゃうんだろうな。でもこの人は死ぬまで本気になることがない面倒くさがりだから。

「僕も魔王軍の立場上コイツを放置できなくてさ。遠くのお山に捨ててきても、そこで復活して悪さもするなら後味が悪いし。魔王様の話では農場の聖者殿にできないことはないというじゃない？その万能性で、ここはどうか一つ……？」

いや、そんなこと言われても俺自身はそんな万能じゃないですよ？

土いじりが得意なだけの、他は何もできない男です。

それを一緒に農場に住む者たち……プラティやヴィール、オークゴブリンたち、エルフやサテュロス、ガラ・ルファなどが協力して色んなことができているだけだ。

「皆で力を併せてこそ、できないものはないんだよ……！」

「なるほどねー、協力こそが大事なんだねー？」

ほっこりする俺とベルフェガミリアさん。

この人と一緒だと気持ちがゆったりしてしまう。それを嘲笑《あざわら》うかのように……。

『くだらん！　人が群れようとするのは弱いからだ！　人であることを超越した我は、完全究極である我一人いるだけですべてが足りる！』

煩《うるさ》い髑髏《どくろ》。

『文句があるなら、貴様の頼もしい仲間の中から何とかできる者を連れてくるがいい！　そんな者いるわけないがな！　永遠に存在し続けるノーライフキングを制する者など!!』

ではリクエストに応じてお呼びするとしますか。

さっき羅列した名前にもあえて含めなかったのは、ここでご登場いただくためのヒキであった。

この御方《おかた》こそ、農場設立時から共にいる最高の協力者。もっともお世話になった人。

満を持して登場いただきましょう！

「ノーライフキングの先生!!」

『お呼びにあずかり光栄ですな』

我が農場にもっとも縁のあるノーライフキングさんです。

通称、先生。

ノーライフキングが関わる問題なら、やはりこの方に出ていただいた方がいいだろうとご足労いただいた。

餅は餅屋ならぬ、ノーライフキングはノーライフキングの先生だ！

『ぐほおおおおおおッッ!?』

『ほう？　これが今日のワシを呼んだ理由ですな。まあ、一応ノーライフキングとしては形が整っておりますな』

先生、ノーライフキングとして同類であるはずの皇帝を傲然《ごうぜん》と見下ろす。

頭骨オンリーではあるものの、完全な白骨である皇帝に対し、同じノーライフキングである先生だが、その様相は骨だけでなく極めて薄い皮で覆われている。

言うなればミイラ？　と言うか即身仏？

ノーライフキングも色々な形態があるようだ。

『ばばばばば、バカバカバカな……ッ!?　こんなところに我が同類が……!?』

『ワシとしては、お前ごときと同じに思われるのは不本意じゃ』

先生にしては厳しい口ぶり。

『ノーライフキングは、在り方そのものが規格外の怪物。生命としての寿命を克服し、肉体が半ばアストラル体となることで物質的劣化にも影響されぬ。きわめて完璧に近い永遠を得た存在。……しかし……』

しかし？

『そこまで御大層なものを使って成し遂げようとするのが世界征服とは……。矮小《わいしょう》よの』

『なにいッ!?　我が壮大なる野望を貶《けな》しおるか!?』

『事実、お前が不死者と化してまで果たさんとした望みは、既に現世にて魔王ゼダン殿が、生者にありながら果たしているではないか。命ある者の世界は、命ある者が治めてこそ美しい。それがわからず無用の遠回りをしたお前はただ愚かだ』

『何をおおおッ!?』

『あるいは身の程を弁《わきま》えなかった仇《あだ》か。人は自分に見合わぬ高望みをするほど醜く歪む』

いつになく先生の口ぶりが厳しい。

それはノーライフキングになりながら現世の人々に迷惑をかける皇帝へ、憤慨の心があるのだろうか?

『人の限られた寿命では解き明かせぬ真理。そこへたどり着くために無限の時間を浪費する。それがノーライフキングの本懐なのにゃー!』

『うおおおおおッッ!? 何だッ!?』

なんか横から小さな影が飛び出し、皇帝の髑髏に体当たり。

手も足もない皇帝はあえなく吹っ飛ばされ、適度な丸みを帯びた頭骨はコロコロ転がっていく。

『うにゃーッ! うみゃみゃみゃみゃ! みんみー!』

『何だこの猫は!? やめろ! 我に猫パンチを浴びせるでない!?』

皇帝髑髏に襲い掛かったのは一匹の猫。

あの中途半端な丸みのせいで、独特な転がり方をする頭蓋骨。その軌道に誘《いざな》われ猫は追っていく!?

『ふー、猫のサガなのにゃ。転がるものを見ると追わずにはいられないハンターの本能が刺激されたのにゃ』

『元々お前が吹っ飛ばしたんだろうが! 最初は転がってなかったわ!』

さて、この不意に意味もなく登場したかに見える一匹の猫。

しかしこの登場も必然だ。

この猫もまた、最近になって農場に住み着き始めたノーライフキングの一人。

その名も博士。

不死の王でありながら、見た目は猫でしかないという。

これまた究極の変わり種。

『はー、こんな見苦しい出来損ない、先生がイラつくのも当たり前なのにゃ。ガチ気取りのユル勢なんて、真のガチ勢から見たら不快でしかないのにゃ』

『ワシはそれほど真面目にノーライフキングになったわけではありませんが、それでもこの手の輩《やから》は許せぬものです。特に命ある者たちに迷惑をかける点が。聖者様に頼まれるまでもなく、このような邪悪は滅し、二度と復活せぬように取り計らいましょう』

先生が予想以上にヒートアップしている……!?

こちらからお願いするまでもなく、殺《や》る気MAXだ!?

『どいつもこいつも舐《な》め腐りおって……!』

対する皇帝に変化が起こる？

頭蓋骨のみであったのが……、急に頭蓋骨の底から尻尾みたいなのが生え出した？

ニュルリと？

そんな尻尾かと思えたものは違う、背骨だ。

頭蓋骨から、本来それと繋《つな》がるべきの頸椎《けいつい》、胸椎、腰椎と伸びていき、それらを全部まとめて背骨だ。

さらに背骨から肋骨《ろっこつ》、骨盤、手足の骨が生え出して、あっという間に全身の骨が生え揃《そろ》った。

って言うか生えてくるものなの骨って!?

カルシウムたっぷりとか、そんなチャチなものじゃ断じてないぜ!?

『皇帝復活ッ！　同類風情で舐めた口を利く者どもが！　全世界の支配者たる皇帝の恐ろしさを思い知るがいい！　そして然《しか》るのち、我が覇業を、この地から再開させるとしよう!!』

ノーライフキングの皇帝が復活したあぁ……!?

ついさっきまで頭蓋骨のみだったのが、今では全身の骨を揃《そろ》えられて、すっかりパーフェクトグレードに……!?

どっから出したのか真っ黒なマントまで羽織って、それこそ『皇帝』の風格たっぷり!

『ふははははは油断したな!? このノーライフキングの皇帝が、いつまでも無様な姿を晒《さら》すものか!!』

「再生しやがった!?」

ノーライフキングが不死身なのは知ってたつもりだが、ここまで急速な復活を果たすとは……。

『ノーライフキングの肉体は、半分霊質も備えておりまするからな。周囲にマナさえあれば吸収し、それを元手に再構成させるなど朝飯前です』

『ダンジョンぐらい濃いマナでないと瞬時再生は不可能だがにゃ』

説明してくれる先生と博士。

だからこそこの皇帝、ベルフェガミリアさんとこの物置に放り込まれてた時は再生までに二年かかったらしいが……。

しかしここ農場では瞬時に再生!?

『ふはははは！　よくわからんが、この地は上質なマナで満ちておる！　お陰で再生が容易であったわ！　我を完全に封じるつもりで連れてきたようだったが却《かえ》って災いしたな！　ふはははははは!!』

勝ち誇った笑いを上げる皇帝。

世界に災いをもたらす邪悪な不死王が、ここに復活してしまった。

農場のせい？

ここは農場主の責任として、この災害を外に漏らしてはならない！

邪聖剣ドライシュバルツよ！　お前の聖剣としての力に頼るべき局面が、唐突にやってきたぞ！

『お待ちください聖者様』

ノーライフキングの先生に止められた。

『この狼藉者《ろうぜきもの》は、どうかこのワシにお任せください。先ほども言ったように、不死者の不始末を正すことも不死王ノーライフキングの務め。ワシも最近若者に教えているせいか責任というものに目覚めましての。同類の恥を放置しては、教え子たちに堂々と向き合えませんわ』

先生が、教育者としての自覚を備えていらっしゃっている!?

わかりました。そういうことなら先生にお任せいたしましょう。

邪聖剣ドライシュバルツよ、キミの出番はナシだ！　すまん！

『グフフフフ……、愚か愚か。この皇帝に戦いを挑むなど……！』

先生と皇帝。

二人のノーライフキングが睨《にら》み合う。

その隅で猫が毛づくろいしている。

『同じノーライフキングといえども、その権能は千差万別。なりたての青二才と、数千年も生きた古老との実力差は埋めがたい。このノーライフキングの皇帝は、生前は魔王として権勢を振るいつつ、不死者の籍に入ってより五百年。その力は盛んであるぞ？』

『にゃーん』

『それに対して貴様は不死者となって百年か？　二百年か？　その程度の歳月で永遠を理解した気になって、格上に挑む愚かさ。すぐに後悔するがいいわ……！』

『にゃーん』

さっきから猫が煩《うるさ》い。

いや、わざとか？　脅したっぷりの皇帝の口上を、雰囲気台無しにするための嫌がらせか？

『ええ、さっきから煩い猫め！　この皇帝にケンカを売るか!?』

『不死者となるには知識と知恵が必要不可欠。にもかかわらず不死者となって無知を晒すなど小っ恥ずかしーヤツにゃ。先生の言《げん》じゃにゃいが、同類として肉球がムズムズするにゃー』

『何を言ってる、この猫……!?』

まず猫が喋《しゃべ》っているところから疑問に思えエンペラー。

猫とは世を忍ぶ仮の姿。

その正体は最強ノーライフキングの一人、博士なのは知る人ぞ知る！

『まあ、本体は自分のダンジョン奥深くに封印して、意識だけ飛ばして猫に憑依《ひょうい》させとるにゃから、猫経由じゃ全力を出すにはほど遠いにゃー。しかしにゃー……』

周囲の空気がザワリと変わる。

『なんだ？　何が……？』

『お前ごとき若造を捻《ひね》り潰すのに、猫一匹分の魔力でも釣りがくるのにゃー。金貨で飴《あめ》一個買うぐらいのにゃー』

肉食獣の顔つきをする猫。

普段は猫らしく、ふてぶてしい御方《おかた》だが、やはり本気になると恐ろしいのか？

『ぐ、ぐぬぅ……!?』

皇帝も為《な》すすべなく飲まれている。

『博士、お控えくだされ。ヤツを捻り潰すのはワシの役目にて』

『出しゃばったのにゃ。すまんにゃー』

博士は、素直に下がって俺の方に寄ってくる。

俺の足に頬を擦り付けてきやがるので抱きかかえた。

先生がいつになく好戦的だなあ。相手の方が完全に飲まれているぞ。

『おのれどいつもこいつも……、思わせぶりにしおって……!?』

『博士の姿を見た瞬間に恐れおののくことができんことがお前の限界よ。魔術師でもなく、財と権力に任せて不死化したお前はノーライフキングの特性に頼るしか能のないただの怪物。……そう、ごく平凡なただの怪物でしかないのだ』

『生意気な！　では見せてやろう！　この我がノーライフキングの力を使いこなしている証拠を!!』

皇帝、差し出した手から青い輝きを発する。

なんだあの禍々《まがまが》しい蒼光《そうこう》は!?

『これこそノーライフキングが、窮《きわ》めた死と惨魔《ざんま》の力を凝縮して放つ特別な魔力、その名を「死光気」！　この力を自在に使いこなすことこそ、究極のノーライフキングとなった証《あかし》よ！』

『使いこなす？　「死光気」を？』

先生は心底うんざりしたように言った。

『お前の言う、使いこなされた「死光気」と言うのは、わざわざ凝縮し、剣のような形に整えた、ソレのことか？』

先生の指摘通り、皇帝は青い光を整えて棒状に伸ばし、剣みたいな形にしている。

あれで並みいる敵をばったばったと斬り倒していくというのか？

『なんと浅はかな……。全能なる「死光気」を小さく整えて、オモチャのように振り回す。それがお前の言う「使いこなす」の意か？』

『ほざけ未熟者が！　我が「死光気」で創造せし死の剣は、触れるものの肉体どころか魂まで斬り裂き完全に消滅させる！　究極の破壊手段よ！　この力に抗《あらが》える者はなし！』

『たしかにワシは未熟者、この身が不死と成り果ててより千年。いまだ知らぬこと、学ばねばならぬことは数多くある……』

『え？』

先生の言葉に引っかかるフレーズを見つけた皇帝、死後五百年。

『今なんと……？　千年？　千年もノーライフキングとして在り続けていると!?』

『聖者殿と共に在り続けると、自分の至らなさが日々見つかる。死にながらも新鮮な日々じゃ。しかしそれでもお前よりは賢明だと自信をもって言えるぞ。「死光気」の扱いを何もわかっておらん若造よりはな』

気づいた時には終わっていた。

皇帝の体が、急に消滅し始めた。

『なッ!?　なんだぁーッ!?　我の体が消滅して!?　再生が働かぬ!?』

『本来「死光気」は、青く光らせる必要も、凝縮する必要もない。ただ空間に混ぜて広げるだけでいい。そうすれば我が「死光気」の支配領域に入った者を、念じるだけで消し去るのじゃ』

『この辺一帯は、とっくに先生の「死光気」に飲み込まれてるんだにゃー』

猫が解説。

『先生の魔力をもってすれば、一国丸ごと「死光気」で覆い尽くすことも可能にゃ。それに比べればオモチャみたいな剣一振り、振り回して自慢しているのが滑稽にゃすよー』

格の差を見せつけた先生。

皇帝は最初から、先生の腹の中にいたようなものだった。そして先生の然《しか》るべき意図によって、速やかに消化されるのみであった。

そうして完膚なきまでの勝利を得た先生。

しかしそれでも皇帝は消滅しきっていない。

『ぐるぉーッ!?　この皇帝が！　世界の支配者が敗れるなどぉーッ!?』

『マジで煩いヤツにゃ』

再び頭蓋骨のみとなって憤慨している皇帝。

あそこまでやっても完全に消滅しないところがなんとも恐ろしい。

『アレでも不死王の端くれですからな。欠片《かけら》一つでも残れば存在を保ちつつ、周囲のマナを吸って復活できるのです』

『「死光気」はノーライフキングから発する死の力である以上、ノーライフキング自身を完全に滅ぼすことはできんからにゃー。ダメージを与えることはできるにゃが』

そんな感じでこの皇帝をどうするかという話はまた振り出しに戻った。

「今回のオーダーは、この不滅の厄介者をどう処理するかってことですしねー？」

『どんなに丁寧に砕いても、マナさえあれば吸収して復元するにゃ。そしてこの世界にマナのないところなんてないから、復元を阻止するなんて実質不可能にゃ』

「ないんですか？　マナのないところって？」

『基本ないと言われているところにも、超希薄ながら存在しているにゃ。そんなところにこのガイコツ置いても数百年かけてマナを吸収し復活することだろうにゃー』

説明を聞くほどに、ノーライフキングという存在のデタラメぶりが伝わってくる。

『それでもノーライフキングを封じる方法は、ないわけではありません。前にもやったことがありますしの』

「あッ、先生……？」

『この有害ノーライフキングの始末は、ワシが責任をもって行いましょう。ワシに一つ考えがあります。それが目論見《もくろみ》通りに上手《うま》くいけば、こやつは二度と命ある者に迷惑をかけることはないでしょう』

そう請け合う先生の、なんと頼もしいことか。

## 死杖づくり

Let's buy the land and cultivate in different world

ところで、途中からまったく存在感のなくなっている人がいませんか？

四天王ベルフェガミリアさん。

先生が登場した辺りから完全に一言も口出ししていない。

喋らないし、そもそもの存在が消えてしまったかのようだ。

というか本当に消えていた。

周囲を見回しても姿がない。

執拗（しつよう）に探してやっとこさ、ハンモック広げて眠りについているところを見つけた。

「必殺！　ハンモック返し!!」

「ぐべッ？」

ハンモックから落とされて地面に激突ベルフェガミリアさん。

「何で寝てるんですか!?　世界が滅びかねない異常事態の最中、どうして中座して居眠りしてるんですか!?」

いやもう居眠りとは言いがたい！　ガチ寝だ！

「昼間っから本気で寝るんじゃない！　夜寝られなくなるぞ！」

「大丈夫、昼間寝たって夜もちゃんと寝れる男さ僕は」

こんな人が大幹部で大丈夫なんですか魔王軍!?

そこがまた心配だ!?

『老師の弟子が、ふてぶてしさも師匠譲りにゃ』

先生と博士、ノーライフキングのコンビも呆《あき》れ顔《がお》。

その視線に気づいたのか……?

「やあやあ、先生お久しぶりです。あと博士、こっちにも猫配置してたんですか? 僕のところには一匹も回してくれないのに?」

ベルフェガミリアさんは、不死の王にすら物怖《ものお》じせずに気さくな態度。

本当に心底大物だ。

『お前の傍《そば》にいたら面倒くさいこと全部押し付けられているのが目に見えているにゃ。お前の面倒くさがりは思い知ってるにゃす』

「そんなあ、博士がいてくれたら、わざわざここまでくる必要なかったのになあ」

『便利使いする気満々だったにゃ!?』

ノーライフキングを顎で使わんとする気満々の恐ろしい男。

そこまで不死王と砕けた関係を築いているのは、彼が、とあるノーライフキングと並々ならぬ関係であることが原因であろう。

「ベルフェガミリアさんって、ノーライフキングのお師匠さんがいるんでしたっけ?」

「そうだよ。老師と呼ばれるノーライフキングでね」

短く答えるベルフェガミリアさん。

その老師とかいうノーライフキングが先生、博士と同格なために弟子の彼とも交友が認められていると……。

改めて考えると恐ろしい……。

『しかし思ったんじゃがのう……』

はい？

なんでしょう先生？

『老師という立派な師匠がいるなら、まず彼に相談してみた方がよかったんではないか？　我々よりも……？』

言われてみればそうである。

浮かぶのも当然の疑問に対し、ベルフェガミリアさんの返した答えは!?

「だって師匠の住んでるダンジョン遠いんですもん。魔法で飛んで来れるこっちの方が断然面倒くさくないでしょう？」

『とんだ面倒くさがりにゃ!?』

「それに師匠のことだから絶対面倒くさがって引き受けないし」

『この弟子にして、あの師にゃ!!』

だから人のいい先生に持ち込んでくるなんて人選が巧みすぎた。

目論見《もくろみ》通り先生は随分とやる気で、またしても頭骨だけになった皇帝を掌中で弄《もてあそ》びながら何かしら考えている。

『まあよい老師の教え子よ。ワシに一案があるので、この痴《し》れ者《もの》を預かってもよいかの？』

「どうぞどうぞ、先生ほどの重鎮が担ってくださるなら、僕はもう思い煩《わずら》うことはありません」

『では早速行動するかの。……博士』

猫に話しかける不死王という何とも言えない構図。

『なんにゃー？』

『こやつのことをお願いいたします。やはり暴なる力を封じるには幾重もの策を講じねば』

『精神的にへし折ればいいんにゃね？　わかったにゃー！』

最強クラスの不死王二人による恐ろしすぎる以心伝心。

とりあえず皇帝の頭蓋を、博士に任せて先生はスタスタと行く。

「あれッ？　どこに行くんです先生!?」

『聖者様もついてきてくれませんかな？　アナタ様の許可がいりそうですからの』

俺の？　許可？

先生に求められれば何でもＹＥＳと言いそうですが。

「何をするつもりなんだろうな……？」

＊　＊　＊

先生がたどり着いたのは、桜の木の前だった。

農場の片隅にある、やたらと清浄な気を吐く桜木。

「これは世界桜樹……？」

『うむ、前々から気になっていましたが空気中のマナを一旦吸収し、穢《けが》れを漉《こ》しとってから清浄なるマナを放出しておる。その動き自体は通常の植物もしているが、この木だけはその浄化の勢いが凄《すさ》まじい。また聖者殿が楽しい仕事をされたご様子』

「いえいえ……!?」

『一つお願いなのですが、この木の一部をワシに下さいませんかな？　何ほんの一部です。枝の一振り程度でかまいません』

「はあ……？」

『何、この木が傷つくことを厭《いと》う必要もありません。我が魔力をもってすれば……！』

まあ、先生のすることには無条件で信用しますし……？

戸惑いながらも俺が頷《うなず》くのを確認してから、先生は世界桜樹に向けて手を伸ばす。

何か魔力が発動するのを感じた。

すると世界桜樹は幹から何かしらをシュルシュル突出させ、先生へ向けて伸ばしてくる。

枝が、幹の何もないところから鋭いスピードで伸びてくるかのようだった。

先生は、その枝を握り、引っ張ると、まるで水飴《みずあめ》を千切るかのようにすんなり枝は幹から離れた。

世界桜樹本体には傷跡一つついていない。

先生の手には真《ま》っ直《す》ぐに伸びた世界桜樹の枝だけが残った。

『うむ、いい枝ぶりだ。丈もちょうどよく芯がしなやか。手触りもよく馴染《なじ》む』

本体を傷めずに、欲しい分だけ成長させて分けとる。

そんな芸当のできる先生に改めて俺は舌を巻くが……。

……先生は、世界桜樹の枝などとってどうするつもりなのだろう?

世界桜樹の枝をとって戻ってきてみると、皇帝がまた酷《ひど》いことになっていた。

さっき先生にやられて、またまた頭蓋骨のみになっているが、それに加えてさらに酷いことに。

『ネコ、カワイイ……! ネコ、トモダチ……!』

「洗脳されている!?」

場を離れる時に博士にお任せしたんだが、ヤツの仕業か!?

当の博士は、猫らしい集中力のなさで、興味を余所《よそ》に移し、その辺に生えている草を食《は》んでいた。

『こやつがこれ以上ワルさをしないためには、野心から削《そ》ぎ取ってやるのが一番にゃー。これぞノーライフキング奥義、猫洗脳にゃ!』

『この成れの果て髑髏《どくろ》に……、採取してきた世界樹の枝を……、合体!』

なにいいいいッ!?

先生がしたことを端的に表現するならば……。

I have a 髑髏。

I have a 世界樹の枝。

合わせて。

髑髏付き世界樹の枝?

それはまるで杖《つえ》のような様相だった。

頭頂の部分に髑髏飾りのついた……いかにもテレビの悪役が携えていそうな杖。

『完成しましたぞ。名付けて「不死王の杖」と言ったところですかな?』

「やっぱり杖なんですかそれ!?」

頭頂に髑髏が据え付けられた杖は、見た目も非常に不気味。

見る者を圧倒するかのようであった。

ましてそれを持っているのが先生なのだから威圧感は三倍増し。

『どんな処理をしようと、曲がりなりにも不死王であるこやつはマナを吸って糧《かて》とします。ならば、その吸収したマナを別の形で放出する機構を作ってやればいいのです』

「と言いますと?」

『我が魔法で、魔法機として組み替えたこの杖は、ノーライフキングの能力で集めたマナを、柄に使用した世界樹の枝が浄化して放出するのです。けしてこやつの好きにはさせますまい』

つまりこの杖は、皇帝が再生のために集めるマナを、集めた傍から放出してしまうと?

『これを魔導具として使用すれば、皇帝が集め、世界樹が浄化したマナを使い様々な魔法を使えるでしょうな』

それって、自分自身の魔力を使用することなく魔法が使えるってこと?

この杖を使って？

「滅茶苦茶凄《めちゃくちゃすご》そうな装備じゃないですか!?」

『素敵なステッキなのにゃーッ!?』

それもうレジェンダリーウェポンな域じゃないですかね？

少なくとも使用された素材的にはそうだ。

【必要素材】
ノーライフキングの頭部×1
世界樹の枝×1

……てな具合に。


『ではベルフェガミリアくん。この杖はキミに託そう』

「はい？」

その恐ろしげなるものをしっかりと握らされる。

『この髑髏は元々キミが持ち込んだのであるから、キミが所持するのが妥当であろう。きっとキミなら適切に扱ってくれることと信じる』

「でも待ってください？　ここまで強力な機構を持った魔法杖、しかも無害化したと言ってもノーライフキングを生体パーツとして組み込んだのは一歩間違えば大事故の元に……。どういうことかと言うと、滅茶苦茶面倒くさい……!?」

『キミなら安心して託せる。信じておるぞ』

面倒くさいことを極力避けてきたベルフェガミリアさん、最後に一番面倒なところを押し付けられて終わる。

結局人は生きていく上で、面倒くさいことから逃れられないのであった。

農場に帰ってきました俺！

時候は既に秋。

実り多き刈り入れの季節だ。

もっともウチの農場はプラティのハイパー魚肥《ぎょひ》のおかげで年に何回も刈り入れできるんだが……。

それでも秋の季節は、何ともやり遂げた感のある特別な時期だ。

そんな秋に、黄金色に実った稲穂を刈り入れ、脱穀し、もみ殻を除いて、精米。

末に出来上がった白米は、いつ見ても美しく感動する。

さて、この新米で最初にすることと言ったら何であろう？

農場では決まっている。

新米をまず最初に食べていただく御方《おかた》は決まっている。

神だ。

この異世界にやってきた俺に力を与えてくださった造形神へパイストス。

俺が異世界でなんとかやっていけているのも、あの神様がくれたギフトのおかげ。

その感謝を表すために、我が農場では新米が穫《と》れたら真っ先に神様に捧《ささ》げるルールとなっている。

……いや、本当に。

去年一昨年もそうやって捧げてきたんだぞ。

語られていなかっただけで。

だから今年たまたま思いついたとかじゃなくて、既に伝統となった我が農場での行事なのだ！

「……ってわけでー」

ヘパイストス神におにぎりを捧げていこうと思います。

何故《なぜ》って、あの神様はおにぎりが大好きだから。

新米収穫のタイミングなのもそこに意義があるのだし、今年も最高のおにぎりを神様に味わっていただこう。

そこで……。

「新作おにぎり試行会〜！」

今までになかったおにぎりを試作する会を始めたいと思います。

もう定番のおにぎりは大体捧げ終わっちゃったんだよな。

明太子《めんたいこ》、昆布、鮭《さけ》、ツナマヨ、梅。

神様に喜んでもらうためには、これら定番から突き抜けた新発想おにぎりを作らねばならない。

大丈夫。

勝利の方程式は、もう頭の中に組み上がっている。

知識もまた武器なり。

何を隠そうこの俺は、前の世界にいた時コンビニおにぎりマニアで、新発売したら必ずチェックを入れていた！

そんな俺にとって、購買者の目を引く変わり種おにぎりの脳内ストックはたくさんある！

「それでも異世界に移住して、けっこう長く経《た》つし……！　記憶も薄れてきたよなー……？」

だからこそ今ここで、記憶を甦《よみがえ》らせるよう実際に作ってみねば！

というわけで早速一作目、行ってみよう。

まず出来たての新米を、ケチャップを絡めて炒《いた》めます。

そうしてできたまっかっかのケチャップライスを握り、別に用意しておいた薄い玉子焼きで包む……。

「オムライスおにぎりだ!!」

大体どのコンビニにもあるよねオムライスおにぎり。

素材が安定して作りやすいのか。でも玉子焼きのふわふわ具合で個性を出している。

そのスピリッツを引き継いで、ここ異世界でも誕生しましたオムライスおにぎり。

さあ神よ御照覧あれ！

自宅に築いてあるヘパイストス神用の神棚へ、オムライスおにぎりを捧げる。

さあ、神はオムライスおにぎりを可とするか？　不可とするか？

神には、以前握《にぎ》り寿司《ずし》を捧げたら『ＮＯ』と言われた過去があるからな。

あれで拘《こだわ》りは厳しい。

ケチャップを混ぜ、海苔《のり》ではなく卵で包み込んだ変則おにぎりを、神は認めたもうか？

神棚からも戸惑いの気配が伝わってくる。

『？　？　！？！？！？』

『い、……ＹＥＳ？』

よっしゃああああ――――ッッ!?

通った！

神はオムライスおにぎりを認めたもーた！

その意気でどんどん行くぜー！

もちろん、今回試作するのは一作だけに留《とど》まらない！

新米祭りだからな！

たくさん作製して神にご満足いただかなくては!!

次に製作するのは……！

「バターライスおにぎりだ！」

「バター!?」

バターの話をすると疾風迅雷にやってくるぜ。

大地の精霊たち。

バター大好きちびっ子の彼女らは、バターを嗅ぎつける能力は警察犬をも超える。

「バター！　バター！」

「バターをよこすのですぅ～～～！」

複数いる大地の精霊だが、バターに懸ける貪欲さは皆共通。

既に炊き上がって、あとはおにぎり形に握るだけのバターライスだが……。

どうしよう？

神棚の方をチラリと流し見る。

「…………？」

『…………ッ!?』

火花散るよな無言の意思が交錯し……。

『い、ＹＥＳ……ッ？』

「わー！　やったーですー!!」

「かみさま、やさしーですー!!」

さしもの神といえども可愛《かわい》さには抗《あらが》えなかった。

こうして神への捧げものであったバターライスは、可愛い大地の精霊たちによって強奪。

大地の精霊たち、神棚に向かって横一列に並ぶ。

「いちどー、れい、ですー！」

「「「「かみさま、ありがとやんした、ですー!!」」」」

うむ。

礼儀正しくていい子たちだね。将来ウチのジュニアにも見習わせたい。

さあ、あまねくお食べ。

「バター！　バター！　ばたばたばたばたばたばた……!!」

「あべべべべべべべべべべ……ッ!!」

食い方が汚い。

これはウチのジュニアに見習わせたくない。

さて。

バターライスおにぎりは大地の精霊たちに強奪されてしまったため、代わりにチーズおにぎりを作ろう。

チーズをのせたおにぎりをオーブンで焼いて、溶けたチーズがおにぎりの表面に張り付くのだ。

まさにチーズトーストのおにぎり版。

トロリと溶けたチーズの質感に、食欲は否が応にも高まるものだ。

「チーズはいいですー」

「バターの方がいいですー」

コイツら……ッ!?

まあ、だからこそ強奪される心配もなく神に捧げることができるんだけどな、チーズおにぎりを。

さあ神よ、御照覧あれ！

『ＹＥＳ』

神、即答だった。

バターおにぎりで焦《じ》らされたんだろうな。

さあ、まだまだ行くぜ。

ソーセージおにぎり、半熟煮卵おにぎり、肉巻きおにぎり、チャーハンおにぎりなどアイデアは色々ある。

今度は何を召し上がってもらおうか……!?

「ちょっと待って旦那様！」

そこへスパーンと扉を開けて、我が妻プラティが登場。

「プラティ!?　どうした!?」

「アタシからも……、いえ、アタシたちの息子からも神様へ捧げものがあるそうよ!!」

何ぃ!?

見るとプラティの胸に抱きかかえられた我が子ジュニア……、のさらにその手の中に握られた、ご飯の塊!?

「これはまさかジュニアの握ったおにぎりか!?」

「そうよ、アタシたちに加護を下さる神様への感謝を、この子も持っているの。そのお礼として、この子が小さいながらもおにぎりを握ったのよ。この小さな手で！」

本当かよ!?

……いや、あり得るな。

だって俺たちの息子だもの！

「本当に素晴らしい……！　見よ神よ！　御旗盾《みはたたて》なし御照覧あれ！　我が息子はこんなにも小さい

というのに、神への感謝を示しております！」

「どうかこの子が初めて作ったおにぎりをお納めくださいっ!!」

ジュニアが作ったおにぎり……小さいし、あと握りが甘くてぽろぽろ崩れるのを、恭しく神棚に捧げる。

「神よ！」

「神よぉ!!」

夫婦揃《そろ》って恭しく平伏し、しばらく空白があったあと……。

『…………い、ＹＥＳ』

やったー！　ジュニアのおにぎりが神に認められたぞ！

この歳《とし》で神に認められるなんて、ウチのジュニアはのちは博士か大臣か――――ッッ!?

「かみさま、空気よんだですー?」

「かみさまなのに、あんがいいいヤツですー?」

傍《はた》で見ている大地の精霊たちがなんか言ってるけど気にしない。

ウチの息子は日本一！

いや異世界一だッ!!

## ジュニア育成日記

| Let's buy the land and cultivate in different world |

ウチのジュニアが生まれてからとっくに一年過ぎた。

正式名、聖者キダン・ジュニア。

我が麗しの息子が生まれてからは、それ以前の生活とはまったく趣を変えて騒がしくなった。

夜泣きで起こされるわ、ジュニアの体調がちょっとおかしくなるだけでパニックだわ。

子どもに振り回される生活。

しかし、代え難い喜びや感動もある。

「旦那様！　旦那様！」

「どうしたプラティ？」

「ウチの子が天才だわ！」

「落ち着け」

何があったのかと寄ってみたら、ジュニアがトークしていた。

「ママ、ママー」

「ジュニアがお喋りしたのよ！　この歳でもう！　これは天才よ！　天才と言っても過言ではないわ!!」

プラティが親バカを露呈させておる。

しかしジュニアももう一歳……半かな？

それくらいになればカタコト喋り出すのは自然と聞く。

発育が平均より遅れて不安がるのもいけないが、とりあえずウチの子はごく平均的に成長しているようだから慌てず騒がずしておけばいいんじゃないかな？

「パパー」

「ウチの子は天才だ!!」

「ご主人様落ち着くのだー」

ヴィールからツッコまれた。

さらにジュニア発言。

「ヴィーヴィー」

「それっておれのことか!?　凄《すご》いぞジュニアは天才なのだ！　こうしてはいられない！　お祝いのパーティを開くのだー!!」

こうしてツッコむ者は誰もいなくなった。

こんな風に日々目を見張る成長をしているジュニアだが、上がったのは知力だけではない。

機動力も上昇した。

もはや一人で立って歩くことを覚え、自分の意思で行きたい場所へと行く。

お家の中は彼の冒険フィールドとなった。

そのお陰で大変な者たちもいる。

「うわあああああ、あぶないのですーッ!?」

「おぼっちゃま、そっちは危険なのですーッ！」

「つくえのカドがあぶないのですーッ!!」

「段差があぶないのですーッ！」

「階段のぼっちゃダメですーッ!?」

「そっちは台所なのですーッ!?」

ジュニアの不用意な移動に目を光らせているのは、屋内掃除を担当する大地の精霊たち。

彼女ら自身子どものようなものだが、それでも危険判断能力は今のジュニアより格段にある。

彼女たちに見張ってもらえればとりあえず安心だが、本業に集中できなくなるほどに大地の精霊たちの気の張り方がＭＡＸ。

「しんどいのですー……！」

「きづかれするのですー……！」

「きんちょー感がハンパではないのですー……！」

通常業務以上に負担が大きくなってるので報酬のバターを多めに出しておかねばと思った。

ことほど左様に、我が子の周囲を振り回す率は両親の俺たちだけに留《とど》まらない。

こんな事案もある。

ウチの家は和風建築なので軒下に縁側がある。

天気のいい日などはここで日向《ひなた》ぼっこすると最高なのだが、ただ今冒険心の塊であるジュニアがここへ訪れると、第一種警戒態勢になる。

反応するのは庭先で寝ているポチと、縁側で寝ている博士だ。

犬と猫。

『あのガキまた来やがったにゃー!?』

「バウッ!?」

ポチは庭から、博士は屋内から。

ジュニアが誤って縁側から落ちないように最大限の注意を払う。

『ニャーは内側から引っ張るから、犬っころは万一外側へはみ出た場合押し返すにゃ!』

「バウバウッ!」

犬と猫の共同作業によって、ジュニアは縁側から真っ逆さまに落下するリスクを回避できる。

一応俺も心配してあとからついて行っているが、ウチの賢い動物たちがいるおかげで安心だな。

『にゃあああああっす!?　このガキ居座りやがったにゃーッ!?　気が休まらないにゃーッ!?』

「バウウウウウウウッ!?」

ここでも気苦労かけ通しだが……。

意外にも子育てで心強い味方になってくれる動物たちであった。

＊　　＊　　＊

それからジュニアは、食事も普通にするようになった。

プラティのおっぱいからは大分前に卒業したこの子であるが、それだけに彼に栄養提供するのは俺の役目！

我が子のためにもより一層料理の腕を振るうぞ！

一歳過ぎたこの子ももう離乳食という時期でもないが、それだけに色々作るものの幅が広がる。

子育ての先輩である魔王さんご夫婦から聞いたが、赤ちゃんももう一歳半超えると大抵のものは食べられるとか。

ならば農場で取れるあらゆる食材を駆使して、ジュニアに豊かな食生活を送らせてあげよう！

と宣言したら魔王さんたちから不安げな顔をされた。

――『赤子の頃から、農場の最高食材に慣れてしまって大丈夫か？』

と。

そんなに危険かなあ？　ウチの食材？

たしかに小さい頃から好きなものばかり食べさせて好き嫌いが激しくなってはいけない。

ここは俺が父親として、我が子にあらゆる料理を楽しめる大人になるように工夫を凝らすとしよう！

まずはやっぱりニンジンとピーマン！

子どもの嫌いな代表選手！

この二種類を食べてもらえるように工夫を凝らそう。

真っ先に思いつくのはやっぱり刻んで何かに混ぜることだな。

原形を留めなくして、さらに子どもの好みそうなものとごっちゃにすることによって体内に潜入させる抱き合わせ作戦だ！

というわけで実験的に作ってみました。

ニンジンケーキ。

ケーキの生地にニンジンを混ぜ込んで焼いてみた。

さて、これをいきなりジュニアに食べさせるのも不安なので誰かで実験してみよう。

「おいヴィールよ。ケーキ食べるか？」

「ケーキ!?　食う食う！　食うに決まっているのだ！　どうしたんだご主人様!?　特に何もしてないのにケーキなんて！　何かの日なのか!?」

ちょうどいいところに通りかかったドラゴンのヴィールにニンジンケーキを差し出す。

まあ、疑いもせず食うてみんさい。

「いっただきまーす！　うめうめ！　やっぱりケーキはうめーなー！　でもなんか、このケーキ赤くね？　まあいいか！　ケーキばんざーい!!」

ヴィールのヤツは、多少の違和感を気にしながらもケーキの甘さの方に注意がいって、結局最後までバクバク食べた。

さー、食い終わったところで種明かしでーす。

「実は、そのケーキの中にはニンジンが入ってたんだー！」

『な、なんだってー!!』

ヴィール、衝撃のあまりドラゴン形態に戻る。

『だ、騙《だま》したなご主人様ー！　このおれに！　このおれにニンジンを食べさせるなんて鬼の所業なのだーッ!!』

「お前もニンジン嫌いなのかよ」

見た目通りの子ども舌だった。

とりあえず騙したことを丁寧に謝罪しつつ、ヴィールをすっかり騙せたことで自信をつけた俺は、改めてニンジンケーキを作製。

「ジュニア今日のおやつはスペシャルだぞー？　ケーキだぞー？」

と俺がジュニアの下《もと》へ駆けつけると、そこでは既にプラティがおやつを与えていた。

何を食べさせているのかな？　と思ったらニンジンだった。

ニンジンそのものを軟らかく煮た、何の工夫もないニンジンそのもの。

「ほーらジュニアの好きなニンジンよー？」

母親の差し出すままにジュニアは迷いなくニンジンに齧《かじ》りついた。

「ジュニアは好き嫌いがなくて偉いわねえ〜。さすがアタシの息子！」

そうだった。

ジュニアは幼児だというのに嫌いな食べ物とかまったくない稀有《けう》の逸材だった。

ああしてニンジン齧ってる今も『これは子どもの頃嫌いだった味だ』って風な表情をしている。

今もって子どもだというのに。

「…………」

「あら、どうしたの旦那様？」

「プラティ、ケーキ食べる？」

「きゃーケーキ！　どうしたの旦那様なんかの記念日!?　食べる食べる！　幸せが口の中に広がるわ!!」

「ニンジン入りケーキだけどね」

「なんてもの食わすの旦那様!?」

プラティもニンジンが苦手だった。

もしかしてこの中で一番大人なのはジュニアなのでは……!?

## 人魚国の今

*Let's buy the land and cultivate in different world*

ゾス・サイラじゃ。

覚えておるか？

人魚族にて恐れられる六人の魔女の一人。

その中にてもっとも邪悪、もっともおぞましく、触れてはならぬとさえ言われた禁忌の魔女じゃ。

奉られし称号は『アビスの魔女』。

アビスとは深淵の意。

深淵を覗（のぞ）くな、深淵もまたお前を覗いているのだから、という意味じゃ。

ことほど左様に、わらわは人魚族の禁忌。けっして触れてはいけない存在。存在自体をなかった

ことにしようとまでする恐怖の象徴。

そんなわらわが、今日……。

* * *

* * *

* * *

「ゾス・サイラ殿！　人魚国宰相就任おめでとうございます！」

「おめでとう！」

「おめでとー」

なんでじゃあああああああッッ!?

人魚族の禁忌わらわ、宰相になる。

ウソじゃあ!?

どんなサクセスストーリーなら、国の災厄として追われる身が、一気に国家の柱石《ちゅうせき》にまで上り詰めるんじゃ!?

人生大逆転にも程があるじゃろう!?

なんか三、四回グルグルした末の大逆転レベルじゃぞ!?

「そんなこと言わねーで助けてくれよ師匠おおおおッッ!!」

そう言って抱き着いてくるのは、現・人魚王妃パッファ。

かつてわらわが魔法薬作りの手ほどきをしてやった娘じゃ。

わらわが教えてやっただけあって『凍寒の魔女』と呼ばれるまでとなったが、ソイツがこの度なんと人魚国の王族に嫁いで人魚王妃になりおった。

あのやんちゃ娘が王妃様などとは、面白いこともある世の中よ。

え?

わらわが言うなじゃと?

たしかにパッファの方はまだわかる。

女にとって玉《たま》の輿《こし》は誰もが夢見る夢ってことじゃからのう。逆に言えば実現する可能性がきっちりあるからみんな夢見るっつーわけじゃ。

しかし、指名手配犯から位人臣《くらいじんしん》を極めるって、それはあまりにもありえんわ。

だから発想自体出てこない。

そんなことが何で現実に起こっとるんじゃ!?

「ゾス・サイラ宰相閣下には、既にご納得いただけたことと思いますが……!?」

「閣下言うなあ!?」

わらわのことを閣下呼ばわりしてくるのは、新たに人魚国を治めるようになった人魚王アロワナじゃ。

こないだウチのアホ弟子パッファと結婚しおった。

だからアイツも人魚王妃になったんじゃが……。

折り目正しいお坊ちゃまなどアイツの一番嫌いなタイプと思ってたんじゃがのう?

やはり色恋沙汰というのはわからんものじゃ。

いや、そんなことより……。

わらわが閣下呼ばわりされている件についてじゃ。

「たしかに説明は、もう耳からタコの触手が生えてくるぐらい聞いたが……!?」

「私が人魚王となり、新しい政権はまだ始まったばかり、大変不安定な状態にあります。父上の在位時に中核を占めていた重臣たちも『因習を引き継いではならないから』と言ってほとんど父上と同時に引退してしまいました」

それも聞いたわ。

なので現在、新王アロワナによる新体制は、空前の人材不足。

実力、信頼、共に揃《そろ》った有用な人材は、喉から手が出るほど欲しいっちゅうわけじゃ。

だからってわらわはアウトじゃろ？

アウト寄りのアウトじゃろ!?

「魔女の称号を得ているということは、それだけ魔法薬の扱いに長《た》けているということ。それこそ国宝級に。それだけの実力者を、これまで在野に置いていたことこそ損失だったのです」

「でもお尋ね者じゃぞ？」

「これから国家に貢献していくということで恩赦をお出ししましょう。という話も既にしたはずです」

「そうじゃなあ!!」

いや、わらわ的に恩赦など貰《もら》わなくても余裕で逃げ切る自信あるんじゃが？

六魔女最年長を舐《な》めるんじゃないぞよ？

正確には最年長じゃないけれども。

「頼むよ師匠!!」

そしていまだ、わらわの腰に縋《すが》りついてくるバカ弟子兼王妃。

都合のいい時だけ恭しく師匠呼ばわりしてきおって。

そもそもわらわ自身の研究助手として育て上げてきたのをとっとと独立して育ててやった恩も返

さず、何年も音沙汰ない不孝弟子のくせして頼ってくるんかーい。

「アタイと結婚したせいで旦那様がダメになったとか言われたら堪《たま》らないんだよ！　助けて師匠！　師匠なら宰相職ぐらい簡単に勤め上げられるだろう!?」

まあ、できるけど？

「しかしわらわ反社じゃぞ？　反社との繋《つな》がりなんて一発アウトじゃろう？」

「それならアタイだって反社だよ！　ごりっごりのアウトローだよ！　でも王妃になったよ！」

「分際を弁《わきま》えろと言いたいんじゃ」

なんで王妃になんてなった不良娘？

しかしなっちまったものはしょうがねえ。

とでも言うと思ったかダボが!?

「ゾス・サイラ殿。アナタの素行はともかく、能力識見は間違いなく人魚国最高クラス。アナタほどの才人を迎えることができたなら、アロワナ王の評価も自然と上がるはずです」

と言いおるのは、この場にまだいるわらわの説得役。

たしかヘンドラーとか言ったか。

在野の人材だった点はわらわと同じらしいが、やはりわらわと同様、否応《いやおう》なしに臣下に加えられたようじゃのう。

側用人《そばようにん》とかいう、新設された特別な役職を与えられたようじゃ。人魚王の代理人として国中を駆け回り、あまねく王の意思を行き渡らせる。

大変な役職じゃのう……。

他人事《ひとごと》。

「国法を無視し、勝手気ままにしていたアナタが屈する姿勢を見せれば『新王アロワナの威光はそこまでのものか』と皆が畏《おそ》れ、より深く従うことでしょう。アロワナ陛下の新体制において二重の益というわけです」

「わらわは見せしめというわけか、はーん？」

まあ、たしかにわらわほどの巨大なワルを従えさせたと知られれば、若僧《わかぞう》の名声は極大アップじゃろうがのう？

なんせわらわ？　そこらの小娘とは比較にならんくらいのワルじゃし？

「いい加減に腹を括《くく》ったらどうですか？　我が夫とて、論客の道を断って天下国家に奉仕しようと心を決めているのです」

まだおったわ、わらわを説得しようとするメンバーが。

『獄炎の魔女』ランプアイじゃったか。

ヘンドラーの妻で、コイツも新婚ホヤホヤのはずじゃったが。どいつもこいつも浮かれおってからに。

「いいじゃないの？　どうせ宮仕えなんて初めての経験じゃないでしょうに？」

「ヒィッ!?」

そして極めつけのもう一人。

「アタシの可愛《かわい》い息子と嫁の頼みを、聞いてくれないのかしらゾス・サイラちゃん？」

「姉さまあああああッ!?」

前人魚王妃にしてわらわの姉貴分であったシーラ姉さまが出てくるのは卑怯《ひきょう》じゃあああッ!?

昔の！　昔に刻み付けられたトラウマが、わらわから反骨心を抜き去ってゆくううううう。

「アタシは王妃になってすぐの時も、ゾス・サイラちゃんは陰ながら政務を手伝ってアタシを支えてくれたじゃないの？　その時の経験を生かせば宰相ぐらい簡単に務まるでしょう？」

それは当時のアナタが無理やりやらせたんじゃろうがあああッ!?

数年かけて解放されるまで、わらわがどれだけ窮屈な思いをしてきたかあああ！

わらわに宮仕えは性に合わん！　そのことは当時の数年間で嫌というほど思い知ったんじゃあああ！

だからもう二度と公務になど就きとうない！　ましてや宰相なんて責任ＭＡＸの部署！

嫌じゃ姉さま！　手足を絡み付けないで！

逃げられなくなる！　逃げられなくなるうううううッ!?

＊　＊　＊

「……この書類は許可じゃな。捺印《なついん》したから実動部署に回しておけ」

「方策に具体性が足りんのう。もう少し煮詰めてから提出し直せ」

「何か全体的に数字の辻褄《つじつま》が合っとらんのう？　これ誤魔化しとるじゃろ絶対？　隠密《おんみつ》に調査させろ。不正を行っていた場合は一斉検挙じゃ!!」

わらわ、それなりに宰相やれとる。

しかし、こないだまで指名手配犯だったのを国家の舵取《かじと》りに据えてどこからも文句が来ないとか、やっぱりこの国ガバッガバじゃのう？

大丈夫か？

この国大丈夫か？

大丈夫であるように宰相のわらわがしっかりと舵取りしなければ！

とか思っている時点で術中にハマっている気がしないでもないいんじゃよ。

「宰相！　アナタは本当に素晴らしいお方です！　マーメイドウィッチアカデミアを卒業早々アナタの下で働くことができて本当に幸せです！」

煩《うるさ》いわあ！　温室育ちのエリート小娘秘書が！

わらわのワルなイメージにつけ込まれてないで、はよ次の案件持ってこい！

わらわの一分一秒が人魚国の損益に関わるんじゃあ！

「はい！……こちら他国から渡ってきた案件なのですが」

「他国ぅ？」

この時期に他国と言ったら、魔国以外にないのう？

地上の覇者の国から一体どんな用件じゃ？

私の名はマモル。

魔王軍四天王が一人、『貪』のマモル。

貪聖剣ツヴァイブラウを継承せし由緒ある者である。

……まあ、入り婿なんだがね。

先代の『貪』の四天王であったラヴィリアン様は、政闘で競争相手を蹴落とそうとした結果、逆に自分が失脚。

腹心であった私が代わって四天王の座に就いた。

元々は四天王に就く資格もない庶民だったが、ラヴィリアン様の御息女を娶《めと》ることで入り婿となり、貪聖剣の継承家系に加わった。

ラヴィリアン様の家臣として、その御息女も姫君として敬服し、陰ながら守ってきた毎日。

その忠節ぶりからついたあだ名が『影からマモル』。

ラヴィリアン様当人のやらかしで、その家系は一時取り潰しの危機に見舞われたが、私があとを継ぐことによって何とか断絶を免れた形。

しかしそのためにとはいえ、長年仕えてきた姫様を妻にすることとなるとは……。

姫様はそれで満足なさっているご様子だが、私自身はいまでも姫様相手に敬語で話してしまう。

自分の妻なのに。

そのことで姫様から毎日のように怒られています。

私、夫なのに。

そんな感じで、私の四天王のお勤めは今日も弛《たゆ》まず進んでいくのです。

それでもお世話になった恩師ラヴィリアン様、長く仕えお守りし、今では最愛の妻である姫様のためにも、使命を投げ出すわけにはいかない。

全力で四天王の務めを遂行して見せる!!

＊　＊　＊

そして今日は、久方ぶりの四天王全体会議。

現役の四天王が四人揃《そろ》って話し合うんだが、人間国との戦争が終結してあんまりやらなくなったなあ。

「四天王『貪』のマモル、ただ今到着した！」

「ん」

「遅いよ」

と気のない挨拶をしてくるのは、同じく四天王『妄』のエーシュマと『怨』のレヴィアーサ。

彼女ら、四天王になった順番で言えば私よりあとだったはずだがなあ？

先輩に対する敬意とかは!?

……と思ったが、ここで四天王同士いがみ合っても意味がないから黙っておく。

決して、彼女らの先代にして後ろ盾でもあるアスタレス、グラシャラ両魔王妃に言いつけられたら怖いなあ、とか思ったわけじゃないぞ!?

私たち三人、いずれも最近代替わりした新人四天王だが、それより前の先代が二人、魔王様に嫁《か》して魔王妃となり、残る一人は失脚。

後ろ盾の力の差がありすぎる。

そして四天王の最後の一人……!?

「やーやー、ごめんごめんお待たせお待たせ……!」

と言って入室してきたのが四天王筆頭『堕』のベルフェガミリア様。

先代四天王から唯一の残留者で、それゆえに現四天王のリーダー格という意味合いが強い。

いや意味合いどころか、魔軍司令の位を魔王様より与えられ、正式なる魔王軍最高位にいる。

今、魔王軍でもっとも好き勝手にできる人はこの御方《おかた》なのだ。

この御方に意見ができるのはそれこそ魔国の主としての魔王様ぐらいしかいない。

それくらいベルフェガミリア様は強大なる存在なのだが、その強権の使い方というのが……!

「ベルフェガミリア様、毎回遅刻してくるのやめてくれませんか？　こちらにも予定がありますので」

「いやー、早くこようとはしてるんだけどねー？　なんていうの？　布団のぬくもりから抜け出せないって言うか……！」

「会議が始まるギリギリまで寝てるんですか!?」

このように怠けることにしか強権を使おうとしない。

いや、この方は前世代の頃からこんな感じだった気もするが……。

だからこそ誰にも注目されずに政変を乗り切った。

このような愚鈍に魔軍司令が任されたのも、戦争終結で魔王軍も無用の長物となり、これから縮小が進んでいく。

衰退期の象徴としてのお飾りだなどと口さがなく言う者がいる。

しかしそれは間違いだ。

とんでもなく愚かな間違いだ。

ベルフェガミリア様の正体を知ることなく侮っていられる者は幸せ者だ。

逆に私のように、あの御方の隠された最強を見抜き、それを踏まえながら付き合わなくてはならなくなると……。

胃がいてててててててててて……!?

「僕が遅刻している間に話し合ったんでしょう？　どれくらいまとまったのか聞かせてよ？」

こうなることを狙ってわざと遅刻してきたんじゃ、と思えてくる。

そもそも魔軍司令となったこの御方が何か言うだけですべてが決まってしまうんだ。

そうせず、若い私たちに存分に論を戦わせる。

そうすることでより精密に案件を洗い、かつ後輩たちの思考と判断力を鍛えさせる場とする。

……ということを狙っての遅刻魔ではなかろうか？

「できるだけ結論だけ伝えてねー。考えるの面倒ください」

……私の考えすぎか？

「……では、今日のもっとも大きな議題は、やはり軍縮事業に関わることです」

「まあ、そうだろうねえ。それが現状、魔王軍のもっとも取り組むべき大きな問題だからねえ」

さすがにベルフェガミリア様もそこはわかっていらっしゃる。

今まで魔王軍は、常に強く大きくあらんと自己の拡大に努めてきた。

それは永年の宿敵、人間国との戦争に打ち勝つために。

しかしその宿敵は、今生の魔王ゼダン様の手により滅ぼされて長きにわたる人魔戦争は終止符を打たれた。

もう、魔王軍に明確な敵はいなくなったのだ。

だからこそ魔王軍は肥大化しすぎた己《おの》が体を、逆に削《そ》ぎ落としていかねばならない。

平和に見合ったスマートな組織に作り替えなければ。

「しかし現在、軍縮の弊害が出始めています」

「軍縮の弊害、ねえ……」

たとえ人間国との戦争が終わっても、魔王軍は完全不用にはならない。

何故《なぜ》ならこの世界には、まだまだ人類を脅かす敵が無数に蠢《うごめ》いているからだ。

その代表というべきものがモンスター。

ダンジョンにて凝り固まった瘴気《しょうき》より生まれるそれは、生物に襲い掛かる凶悪。

それを野放しにしておいては、善良な魔国民の被害が止《とど》まることを知らない。だから駆除する必要がある。

「これまでその任務は、我ら魔王軍が当たってきました。人族軍を国境より押し返すことと並んで、魔王軍に課された重要任務の一つです」

「そこはおさらいだねえ……」

くッ！

いや、落ち着け、心を鎮めろ……！

「戦争終結から進んでいる軍縮で、魔王軍の人員も随分減りました。国庫の負担も軽くなった反面、限られた兵員によるダンジョン攻略は困難を極めています」

モンスターはダンジョンから生まれてくるものだから。

ダンジョンから溢《あふ》れ出てくる前に中に入り、まとめて駆除してしまうのがもっとも効率的だ。

だから魔王軍の警備兵たちは定期的にダンジョンに入りモンスターを倒してきたのだが、それが折からの軍縮で兵員が減り、手が足りなくなってきている。

「中には少人数で逆にモンスターに囲まれ危うく全滅するところだったという際どい報告もあります。このまま魔王軍のダンジョン掃討能力が落ち、打ち漏らしたモンスターが集落に被害を及ぼせばそれこそ本末転倒かと……！」

「うん、その件はルキフ・フォカレ氏からもせっつかれてたねー」

ルキフ・フォカレ!?

魔国の内政を一手に牛耳る魔国宰相!?

先ほど魔軍司令となったベルフェガミリア様に口出しできるのは魔王様ぐらいのものと言ったが、厳密には間違いだ。

もう一人いる。魔国を支える軍と政《まつりごと》の二つ、それぞれを支える魔軍司令ベルフェガミリア様と魔国宰相ルキフ・フォカレ様。

この二大巨頭のお互いのみが、魔王様を除いてそれぞれを牽制《けんせい》し合える。

「氏が言うに、人手を除かれた現場の苦労はもはや限界に達しているらしい。軍部は早急に手を打つべきだと言う。でも天下の宰相様が、どうやって現場の声を耳に入れたのかなあ?」

それ以前に、内政担当者から軍部のやりように口を挟まれるなど横紙破りでは?

そのような専横を許してしまうのも、軍縮が効率的に進んでいないから。

早急に改善しなければ。

「こうなっては、兼ねてより勘案していた、あの策を実施するしかありません」

「やっぱそうなるよねえ……?」

ベルフェガミリア様、気の進まぬ表情。

しかしこうなっては打てるのはあの一手しかない。

モンスター駆除のための人手が足りぬなら、民間から補充する。

民間のモンスター駆除、ダンジョン探索の専門家……。
冒険者を、魔国にも取り入れるのだ!!

## 民営化

Let's buy the land and cultivate in different world

我が農場に、アレキサンダーさんがやってきた。

世界最強の竜にして、恐らく全次元最強の存在であるグラウグリンツドラゴンのアレキサンダーさん。

かの御方が到着なされたと同時に、俺は土下座した。

「申し訳ありませんでした！」

「何事ですかな？」

俺なりにアレキサンダーさん来訪の目的を考えてみました。

最近そちらにウチのヴィールがよく伺っているそうで。

アイツが何かやらかしたのでしょう？

保護者としては、先んじて謝っておきませんと！

そんな風に俺が平伏していると、ジュニアもよちよち歩いてきて、俺の隣で平伏した。

単に父親である俺を見様見真似しているんだろうが、ジュニアよ。

父の姿をよく見ておくんだ。

大人として土下座の作法は必ず覚えておくべきだからな！

「早計なさらんでくれ。ヴィールは我がダンジョンでとても愉快な働きをしておる。アイツが配り歩くラーメンとやらは冒険者たちから大好評だ」

「そ、そうですか……!?」

俺はまたてっきりヴィールのやらかしで、アレキサンダーさんのダンジョンが崩壊したりしていないかと……!?

「本日訪ねたのは、別の用件でだ。まあ顔を上げてくれ。同じ目線でなければ話はできん」

「はあ……!?」

アレキサンダーさん、ドラゴンであるというのに相変わらずの人格者。

どんな奇跡が起きたらあのように理想的な最強者が出来上がるのか。

とりあえず、まだ土下座しているジュニアを抱え上げて、アレキサンダーさんと共に家へと入る。

談話の形が整ってから。

「さて、聖者殿は情勢に聡《さと》いかな?」

「情勢ですか……?」

アレキサンダーさんは言った。

一応念のために言っておくが、今この人は人間形態。

貫禄《かんろく》ある老翁《ろうおう》の姿は、まことアレキサンダーさんの性格に似つかわしい。

で、情勢か。

一応、情報は収集するよう心掛けてはいますが……?

ネットもない世の中だし、すべてを聞き知っているとも自信をもって言い難い。

アレキサンダーさんは、どんな世の変動を受けてここを訪ねたのだろうか。

「魔国が、冒険者を呼び込もうとしておる」

「その話なら私も聞いたわよ？」

横からプラティが口を挟む。

ジュニアをあやしながら。

「魔国のダンジョンを管理するのに魔王軍だけじゃ足りなくなってきたんでしょ？　軍縮が進んでるらしいからねえ……」

「その穴を埋めるため、人間国から冒険者のシステムを輸入しようという」

ウチの奥さんが世界情勢に敏感だ……!?

元は王女様だし、それも当然と言ったところか？

ジュニアよ、母のああいうところを見習うんだぞ。

母からは賢明さを、父からは土下座を。

「魔族たちは、ダンジョンの管理モンスターの駆除を軍隊で賄《まかな》ってきた。その方が国が完全統括できて都合のいい面もあろうが、それも戦時下という特殊状況下でしか成り立たんものだったな」

「世界中のダンジョンをくまなく抑えようなんて戦時下の動員力でもないと不可能だもんねー。戦争が終わって平時の規模に抑えようとしたら支えきれなくなる道理か……」

ふむふむ、そうか……。

そうかー、なるほどねー。大変だ。そりゃ大変だ！

……ジュニアよ。お父さんは別に何もわからなくて話についていけてないわけじゃないぞ？　必要なことは全部プラティが先に言ってくれるから、わざわざ俺が言い添える必要なんてないだけだ。

「……んで、その足りない分を民間に委託しようと？」

「そうだな。元々魔国と人間国は、ダンジョンという同じ問題に対して民と国とまったく違う対応をとってきた。それを改め、一方が一方を見習おうということだ」

「しかも勝った魔国が、敗けた方の人間国をね」

「そう、プライドの点から考えてもかなりの英断と言えよう。魔国の支配者は実利をしっかり見据えた、果断の為政者と言えるだろうな」

ジュニアー？

もうすっかり歩けるようになってー？

偉いぞ偉いぞー？

「噂《うわさ》の段階ではだいぶ前から言われてきたことよね？　軍縮のひずみが出てくることはわかりきっていたし。時間の問題だと多くの人たちが見てたはず」

「それがついに実行に移されるようになった。ここまで時間がかかったのはやはり魔王軍側の葛藤だろう。地上最強の軍隊となりながら、己が力の不足を認めるのは苦しいことだろうしな」

……さて。

そろそろちゃんと話に加われるようにならないと、俺のプライドが粉砕される。

何かいいとっかかりはないものか!?

「先日、旧人間国の冒険者ギルドに通達があり、まずは魔国内数ヶ所に試験的なギルド支部を置くよう指示されたそうだ」

「それって……ダンジョン管理用の？」

「無論、また軍縮で退役となった魔王軍兵士を冒険者として登録し、雇用問題も同時に解決する肚《はら》のようだ。人間国から現役の冒険者を連れてきてもいいが、それだと今度は人間国まで人手不足になる」

「いい施策じゃない？　少なくとも政治ダメダメな人間国で上手《うま》く行っていた冒険者システムが、魔国では受け付けられないってことにはならないと思うわ。安全、経済、様々な面でもって最上の選択だと思えるけど？」

「理屈だけの話でならばな」

アレキサンダーさんの意味ありげな物言い。

なんだ？　と空気が変わる。

「人にはプライドがあるものだ。そのプライドが、頭では正しいと理解している道をどうしても踏ませないこともある」

「まあ……、そういうこともあるわよね？」

「魔王軍は、これまでの数百年ダンジョンを管理し続け、まあ完璧と言っていいほどに抑え込んできた。同時に戦争にも勝利し、地上最強の軍隊という称号を得た」

そうして高まったプライドが、己が無力を認めるに邪魔となり、現状では独力でダンジョンを管理できないことも認められず、また民間の援《たす》けを借りることも潔しとできない。

「そのせいで魔王軍は、改革を『受け入れる派』と『受け入れない派』の真っ二つに分かれて論争中。必要に迫られながら、ここまで実行が遅れたのもそこに理由があるらしいのだが……」

「どこもくだらないことで停滞するのねえ」

そう言ってやるなやプラティ。

プライドが正しい行動の邪魔をする。

その気持ちはわかるよ。俺も男の子だから。

「しかし、現場を支える魔王軍も限界に達しつつある。そこで魔王軍は、冒険者ギルドへある提案をしたという」

――『冒険者とやらがもし、真の精鋭だというのなら勝負しろ』

「勝負？」

「『それに勝てたのなら実力を認め、魔国のダンジョンを任せてやってもいい』……と」

「何それ？　自分から提案しといて条件を突き付けてきたって言うの？　見苦しいわねー？」

歯に衣《きぬ》着せないプラティ。

「魔王軍全体を納得させるには、これしか方法がなかったのであろう。勝負の方式は、あるダンジョンを同時に攻略し、成果を上げた方を勝ちとする。より早く最深部に到達する、巣食うモンスターをたくさん倒す。勝敗の基準は色々ある」

魔族側が、ダンジョン管理者としての冒険者の手腕を期待する以上、勝負は単純な殴り合いよりも、そういうものの方が順当か。

「人間国と魔国の間でまた面倒なことが起ころうとしてるってことはわかりました。でも、何故《なぜ》その話をアレキサンダーさんが俺たちに？」

アレキサンダーさんは竜の王ガイザードラゴンすら超える超竜。

そんな超越的存在であるアレキサンダーさんにとって、人間同士の争いなど虫が騒ぐにも満たない些事《さじ》じゃないか。

あとその話を俺たちにすることも。

「うむ、ここからが我々に関わりある話なんだが……」

と改まって言う。

「とりあえず魔王軍と冒険者の選《よ》りすぐり同士で勝負することは決まった。勝負の方式もダンジョン攻略競争で決まった。では、次に決めなければならないのは、勝負の舞台だ」

舞台……。

「つまり、どこのダンジョンで勝負するかってことですね？」

いつの間にか俺自然に話に加わっている。

やったあ。

「そうだ、最初は私のダンジョンでやることが検討された。冒険者ギルドが管轄する中で最高のダンジョンということだから、選ばれたのは光栄というところだ」

人間相手にこういう物言いをするところがアレキサンダーさんの凄《すご》いところ。

「しかし話を進めているところで魔王軍の側から物言いが入ってな。曰《いわ》く『人間族が普段から攻略しているダンジョンでは、人間族の方が圧倒的に有利ではないか』と」

言われてみればそうだな？

勝負なら公平を期すのが最低限の気遣い。

「でもそれを言うなら、魔国側のダンジョンなら魔王軍が有利になってやっぱり駄目なんじゃないですか？」

「そうだ、ならば勝負の場は、人間族の冒険者も魔王軍の兵士も誰も入ったことのないダンジョンが相応《ふさわ》しい」

そんなダンジョンあるのかよ!?

……あるか？

「そうだ、聖者殿の農場にあるダンジョンならば人間国魔国、どちらにも属していないからどちらも攻略した経験がない。ヴィールのダンジョン、不死王たる先生が治めるダンジョン。どちらかを勝負の場として使用できるよう口添えをしてくれまいか？」

「ウチのダンジョンを……勝負の場に？」

そういう目的でアレキサンダーさんは農場を訪ねたのか。

魔族と人族のダンジョン勝負。

攻略競争なら、どちらの領内にあるダンジョンかで不利有利の不均衡ができてしまう。

どうしてもな。

それならば両族どちらも入ったことのない未踏ダンジョンで勝負するのが一番公正というわけだが、そんなダンジョンが都合よくあってたまるかという話だった。

「しかしある。ここのダンジョンだ」

我が農場の近くにも、ダンジョンはある。

ノーライフキングの先生、ドラゴンのヴィール、それぞれの支配するダンジョンが二つも。

それぞれ立地の都合上、農場の住人しか利用しないダンジョンだ。

冒険者ギルドにも魔王軍にも管轄されず、人知れぬダンジョンと言っていい。

「これこそ公平な勝負の場に相応《ふさわ》しいダンジョン。そうは言えまいか？　全人類の未来のため、聖者殿には、このどちらかのダンジョンの使用を許可してほしいのだ」

全人類の未来のために甲斐甲斐《かいがい》しく動くドラゴンもこれまた珍しい。

アレキサンダーさん、きっと誰かに言われるまでもなく率先して動いているんだろうなあ。

「俺でお役に立てることなら喜んで協力させていただきますが……」

時には社会貢献もしないとな。

我が農場の周囲にあるダンジョンの、主はあくまで先生もしくはヴィールだが。

俺にできることはあの二人に渡りをつけて許可を要請することぐらい。

それでも先生はいい人だし、ヴィールもイベント大好きだから快諾してくれることだろう。

しかし、俺の脳裏にはまったく別の、ある恐れが浮かんでいた。

「ウチのダンジョン、魔族や冒険者も使ったことありますよ？」

「え？」

アレキサンダーさん、めっちゃ意外げな表情。

「本当に？」

「本当です」

たとえば魔族の四天王エーシュマやレヴィアーサが、一時期この農場に住み込んで修行していた時期もあったし、その時は各ダンジョンに潜ったりもした。

また、いつだったか農場留学生の指導のためS級冒険者のシルバーウルフさんが特別講師として招聘《しょうへい》されたこともあったなあ。

「授業のためにダンジョンに潜ってましたし、また自分の趣味でも潜ってましたねえ」

「そうだった……！　アイツを紹介したの私ではなかったか……!!」

自分の迂闊《うかつ》さを責めるように頭を抱えるアレキサンダーさんだった。

そんなに思い詰めないで。

「その人たちが勝負に参加するかわかりませんけれど、もし一方にだけ経験者が加わったら、やはり大きなアドバンテージになるかと？」

「ううむ困ったな……！　それでは、ここのダンジョンもダメということに……!?」

本当に誰も入ったことのないダンジョンなんて、もう地上に存在しないのかもしれないな。

それこそ人跡未踏の未発見ダンジョンを探し出すぐらいしか。

さて、どうしたものかとアレキサンダーさんと二人、頭を悩ませていると……。

「ふぇっふっふっふっふ！　話は聞かせてもらったのだー！」

「あッ、ヴィール」

そこへウチのドラゴン、ヴィール（人間形態）がやってきた。

また外へラーメン売りに出ていたのが帰ってきたか。

「今日もたくさんの下等生物どもにゴンこつラーメンを食わせて回ったのだ！　でもおかしいな？　まったく減らないぞ？」

「そりゃ百分の一に薄めていたらなあ？」

ドラゴンから搾り取ったエキスのスープは劇薬で、人間が摂取したら爆発したり不死身化したりと大変だ。

だから影響ない薄さにして多くの人々に配り歩いているヴィールだった。

『もう仕方ないから捨てちまえよ』と思ったこともあったが、下手にその辺に撒《ま》いたらドラゴンエキスの効果でどんな事態が出来《しゅったい》するかわからんので気軽に捨てることもできない。

『産業廃棄物か!?』と思ったりもしたが、ヴィールのペースに任せて少しずつ消費していくしかないだろう。

以上は余談。

「それよりも兄上！　ウチに来ておきながらこのおれに何の相談もなしとは一体どーいう了見なのだー？　おれにもたっぷり頼るがいい！」

気まずげに視線を逸《そ》らすアレキサンダーさん。

『いや、お前に相談しても得るものなさそうだし……』という気配が無言に伝わってくる。

「いや、……たまたまお前がいなかったのでな？」

しかし当たり障りのない言い訳で本音を包む最強竜さん、優しい。

「そうかー、擦れ違いになるところで申し訳なかった！　しかしこのグリンツェルドラゴンのヴィールが駆けつけたからには心配ご無用！　謎はすべて解けたぞ！」

「謎!?」

こないだのミステリー企画のノリを引きずったままのヴィール。

それよりその口ぶり……。

「ヴィールは、勝負のダンジョンに心当たりがあるのか？」

「おうよ！　誰も使ったことのないダンジョンが相応しいんだろう!?　打ってつけがあるのだ

ぞ!!」

「マジで!?」

そんな都合のいいダンジョンが都合よく存在していたのか!?

大丈夫?

『ご都合主義』とか言って叩《たた》かれたりしない!?

「マジなのだ！　では早速そのダンジョンへ行ってみよう！　ロンよりツモだ！」

論より証拠かな!?

とにかくヴィールに急《せ》き立てられる形で、そのダンジョンとやらに向かうことになった。

ヴィールもアレキサンダーさんもドラゴン形態に戻り、俺はドラゴン馬のサカモトに乗って同行する。

「夕飯までには帰ってきてねー？」

とプラティのお見送り。

ところで待って？

何故《なぜ》俺まで同行する形になってるの？

「ここより先に俺は必要なのでしょうか？」

『この世に必要ないものなんてないのだー!!』

畳みかけようとしてくるヴィールと共に、俺は一陣の風と混ざりながら大空を駆けていく。

そして、たどり着いた先は……！

「……どこ？」

俺にもよくわからない場所だった。

道程、海は越えていったと思う。

「するとここは新大陸か何かか？」

海の向こうにある未踏の陸地なら、誰も入ったこともないダンジョンもそりゃまあ、あるかもしれない。

しかし、新大陸の発見てそれにとどまらない新時代の幕開けになるのでは？

大仰になりすぎない？

「何を言ってるのだご主人様？　ここは新大陸なんかじゃないぞ、ただの小島なのだ」

「えー？」

よく見たら、たしかに見渡す限り海岸線で陸地自体そんなに大きくなさそう。

「孤島かー」

しかも人の住んでいる気配はまったくないし、まるきり遭難者が流れ着いた無人島といった感じだ。

ここで生き残りをかけたサバイバル生活が!!

……っていう話が始まりそう。

「この島のどこかにダンジョンがあるのか？」

たしかにこんな無人島にダンジョンがあったら、誰も発見できなくて手付かずだろうが。

「さー？　あるかなー？」

「はあッ!?」

何言ってんだこの竜!?

勝負の場になる未踏ダンジョンがあるから俺たちをここに連れてきたんじゃないのか!?

ダンジョンがないなら無駄足じゃないか！

俺だけでなくアレキサンダーさんまでご足労を懸けたのに……!?

「この島は……、もしや……!?」

そのアレキサンダーさんが、やはり人間形態になって忙《せわ》しげに周囲を見渡していた。

まるで、ここに見覚えがあるかのように。

「ここにダンジョンがもうあるかどうかは、直接聞いて確かめに行くのだ。出発おしんこー！」

「ええー？　どこ行くの!?　待ってよ!!」

かまわず歩き出すヴィールに、置いてかれちゃ敵《かな》わないと慌ててついていく。

アイツはどこへ向かっているんだ？

どうやら島の中央へ向かっているようだが……？

「おーい、愚かなる弟よ！　貴様の賢い姉が訪ねに来てやったのだー！」

「これはヴィール姉上！　ようこそ我が城へお越しいただきました!!」

そして、しばらく歩いた先で出会ったのは……！

やはりドラゴン。

新たなる皇帝竜となったアードヘッグさんではないか……!?

ガイザードラゴンのアードヘッグさん。

これまでも何度か農場に訪問されたことのある顔見知りだ。

元は人魚王のアロワナさんと友だちであるが、そのアロワナさんに連れられて農場に来るようになってから俺ともすっかり仲よしに。

「おお！　今日は聖者様まで訪ねてくださるとは！　来客は本当に嬉《うれ》しいものですな!!」

そのアードヘッグさんが、何故《なぜ》ここに？

「やはりここは、龍帝城の跡地であったか」

俺たちと共に来訪したアレキサンダーさんが納得顔で言う。

「龍帝城？」

「ガイザードラゴンの住むダンジョンのことだ。すべての竜の頂点に立つ皇帝竜の、まさに王城と呼ぶべきダンジョンだな」

なるほど、それでアレキサンダーさんさっきから記憶の奥底を引っかき回すようなモゴモゴした表情だったのか。

「いや、確信がとりづらかった。なにしろ私が最後に見た龍帝城は、父上が支配していた頃のものだったからな」

「やっぱり違うんですか？」

たしか竜の皇帝ガイザードラゴンは、ついこの間代替わりがあったばかり。

竜の感覚からすれば一年二年ぐらいついこの間ってことで……!?

「アードヘッグが父上を倒したことでガイザードラゴンも敗者から勝者へと引き継がれた。先代ガイザードラゴンの敗北と共に、その居城も一度消滅したのだ」

それでこんな殺風景に？

「龍帝城は、世界中にあるどのダンジョン類型にも属さない。世界中を還流するマナの堆積ではなく、ガイザードラゴン自身の放つマナによって実体化される超特殊なダンジョンだ。だから主が消えると共に、ダンジョン自体も消滅する」

「そんなことができるのはドラゴンぐらいのものだがな！　自然現象であるはずのダンジョンを一個の生命が創り出せる！　ドラゴンがどんだけすんげー存在かという一つの証明なのだ!!」

自慢気に言うヴィール。

別にお前が作れるわけじゃないだろうに……？

「これはアレキサンダー兄上まで!?　一体どうしたのです？　このように世界の重要存在が雁首《がんくび》揃《そろ》えて……、何か緊急事態でも？」

俺とアレキサンダーさんが揃って来訪したことに警戒するアードヘッグさん。

俺はともかく、世界最強のアレキサンダーさんがアポなしで来たら、まあさすがに何事かと思うよな？

「アレキサンダーさんは、たまにここに遊びに来たりしないんですか？」

「しないな……！　元々龍帝城には、父上から勘当を言い渡された時から寄り付かぬようにしていたゆえ」

だからさっきも思い出そうとして思い出せないもどかしい表情をしていたのか。

随分久しぶりな上に景色もすっかり様変わりしていたから。

「父上が支配していた頃の龍帝城は、それこそ島中を覆い尽くすほどの要塞ぶりだったが、いやまあ殺風景になったものよ……」

「用がある時はおれの方から訪ねに行っていましたから、兄上がこっちに来ることはなかったですよね？」

たしかに友だち同士でも、どっちがどっちの家に遊びに来るかは固定されてることがあるあるだよね？

「それ以前にこんな何もないところに兄上をお招きするわけにもいきませんからなあ！　あははははは……!!」

「それ笑うところか？」

どことなくアードヘッグさんの笑い声に乾いたものが宿っているのを俺も感じたのであった。

そこへ……。

「ヴィール!?　それにお兄様まで!?　何故このようなところにまで!?」

新たにやってくる人影。

全身真っ黒なドレスに包まれた……美しい女性!?

「ブラッディマリーさんか」

彼女もドラゴンで、俺は前に一回だけ会ったことがある。

なんでここにいるんだ?

「マリーよ、お前まだアードヘッグにくっ付いておったのか? 自分のダンジョンに帰らないのか?」

「煩《うるさ》いわねえ! こないだ一回帰ったわよ!!」

「そしてまたアードヘッグにくっついてここまで来たと?」

あまりイジッてやらないでくださいアレキサンダーさん。

きっと恋する乙女のなんちゃらかなのですよ。

「父上とシードゥルもいるのか? 私のところへ来たときそのメンツだっただろう?」

「アイツらなら向こうの方で遊んでいるわよ?」

マリーさんが指さす先で、たしかになんか小さい人影が二つわちゃわちゃしている。

アル・ゴールさんとシードゥル。

「行きますわよお父様ー」

「よっしゃこーい」

「レシーブ」

「トス!」

「スパイク」

「アタック！」

「コークスクリュー」

「ぐるおおおおおおッッ!?」

なんかすっかり仲良くなってない？

「新ガイザードラゴンの取り巻きも、すっかりメンツが固定された感じだな」

「あんな連中とわたくしを一緒にしないでほしいわ!!　それよりもお兄様の方からわざわざやってくるなんて！　一体何用なのかしら!?」

話の方向性がすっかり迷子になっていたのを、正しい方向に引き戻してくれた。

さすがマリーさん。

ガイザードラゴンの補佐を務めていらっしゃる。

「そうだそうだ本題があったな。だがヴィールよ。お前の目論見《もくろみ》が私にもわかってきたぞ？」

「さすがアレキサンダー兄上、皆まで言わずとも察する力が凄《すご》いのだー」

え？

どういうこと？

察しの悪い俺は皆まで言われないとわからない。

「我々が探しているのは、今まで誰も踏み込んだことのない未開ダンジョン。誰もが初めて挑戦するからこそ攻略競争の公平が保てる」

「ここにはガイザードラゴンになったアードヘッグが新しく作る龍帝城があるのだー！」

そうか。

出来たてホヤホヤのダンジョンなら、誰もまだ入ったことはない。

全員が初攻略となる意味で、新ガイザードラゴンのアードヘッグさんが作る新・龍帝城はたしかに打ってつけだった!!

「というわけだアードヘッグ！　お前のダンジョンを使わせてくれないか！　人類の未来のために!!」

「うわッ!?　なんですかッ!?」

皇帝竜を超えた最強竜から求められてはアードヘッグさんもタジタジだ！

「よ、よくわかりませんがアレキサンダー兄上の頼みとあらば断わるわけにはいきませんな。人情的にも実力的にも……」

「やった！」

アードヘッグさんの口ぶりが悲しい。

「それに人類に役立つことであれば、おれも気が進みますぞ。最近の経験から、これからのドラゴンはもっと人類に役立つべきだと考えたのです！」

「おお！　いい心がけだ！　お前が新しいガイザードラゴンとなってドラゴンの世も一層よくなることだろう！　ですよなあ父上!?」

「はーん!?　なんのことかなー!?」

相変わらず潜在的に不仲な長男竜と父竜。

アードヘッグさんが快く了承してくれたことで、ついに闘場問題も解決したように思えたが……。

「ちょっと待て、まだ問題があるのだー」

ヴィールが言う。

なんだ？　ここに連れてきたのお前だろうに？

「おれも予測していなかった問題を、ここに来て実際発見してしまったのだ。見ろ、この見渡す限りのサラ地を！」

うん？

そういえば、本来ここに竜の王様のお城があるはずなんだよね？

しかしあるのは草も生えない平地だけ。

「おいアードヘッグ？　お前まだ龍帝城の創造に着手していなかったのか？」

「………………」

アードヘッグさんが答えない。

ただ顔中にだらだら汗をかくのみ。

「参考にするとか言ってあちこちのダンジョン回っていたじゃないか？　アイデアもだいぶ溜《た》まって充分に実体化できるものと思っていたぞ？　今日も到着した時には、完成した新・龍帝城の全景が拝めるものと思っていたのだ!!」

「待って！　これはしょうがないのよ!!」

本人に代わって弁明するマリーさん。

「案が多すぎて却《かえ》って進めない時ってあるじゃない！　そういうものよ！　アイデアが多すぎてもいけないのよ!!」

「あの見学旅行は何の意味があったのだ!?」

何にせよ、ここに新たな龍帝城ができていないということは、勝負する人たちが突入するダンジョンもないってことじゃないか。

それでは勝負ができない。

解決したと思ったら話がまた振り出しに!?

「仕方ない……！　こうなったらグズグズな弟のために姉が一肌脱いでやるのだー」

ヴィール、謎の腕まくり。

「アードヘッグはダンジョンの元となるマナを放出しておけばいいのだ。具体的な構成はこのダンジョンデザインの巨匠ヴィール様に任せておけ！」

「姉上!?」

「そういうことなら私も手伝おう！　話を持ってきたのは私だからな。汗を流さねば不義理になる」

「アレキサンダー兄上!?」

ヴィールにアレキサンダーさん。

家主の許しもなく勝手に皇帝の城に着工！

両者、自分のダンジョン作製に心血を注ぎ込む数寄者《すきもの》だ。ヒトん家といえども手は抜かない。

「何をやっているの二人とも！」

狼藉《ろうぜき》を始める竜たちに叱責を飛ばすのはブラッディマリーさんだった。

「龍帝城の主はアードヘッグなのよ！　彼の許しもなしに居城に手を加えようなんて不敬にも程があるわ！」

「マリー姉上！」

「そう思ってずっと我慢してきたのにアナタたちだけ抜け駆けを許すものですか！　わたくしだってビューティフルな龍帝城の意匠を手掛けるのよ!!」

「姉上えええええええッッ!?」

こうして城主が思いきれず遅々として進まなかった龍帝城作りは……。

他者の手によってあっという間に成し遂げられたのだった。

# S級冒険者集結



私の名はシルバーウルフ。

ギルドからS級と認められた冒険者の一人である。

S級冒険者とは、冒険者の中でも特に実績と実力を買われ『最高の冒険者』と認められた者たちのことだ。

その審査は厳しく、世界にS級と認められた者たちはこの私シルバーウルフを含めて五人しかいない。

S級に選ばれるには生半可な成果では足らず、最高に栄誉あること。

だからこの私も、S級冒険者であることに誇りを持ち、その肩書きに恥じぬ働きをしようと常に心掛けている。

そんな私のことを周囲は『S級冒険者にしては真面目過ぎる』と揶揄《やゆ》してくることもある。

そのことをよく覚えてから、これから語ることを読み進んでほしい。

＊　＊　＊

思いもしない呼びかけがあったものだ。

S級冒険者の全員招集とは。

普段、各々の独断で動くことを許されているS級冒険者は滅多なことで顔を合わせることはない。

本質からして自由気ままな連中なのだ。

あらゆる事象に囚《とら》われることなくみずからの欲求赴くままにダンジョン攻略に打ち込むからこそS級にまで上がれたというか……。

そういう連中なのだ。

だから冒険者ギルドの最高戦力だというのに基本放任でギルド側もやかましく言わない。

それが一番互いの軋轢《あつれき》を少なくするとわかっているからだ。

そんな『問題児』の言いかえとも言うべきS級冒険者たちを一挙に集めるなど、今までになかったこと。

それが今日行われるということは、何か大きな出来事が起こったということでもある。

これまでにないクラスの。

そんな重大な気配を察し、きちんと集まってくれたらいいんだが……。

「などという甘い期待を抱いた私がバカだった」

「日頃からいい加減な子が、ある日急に真面目になるなんて奇跡はないよねえ」

ギルド本部に設《しつら》えられた会合の部屋。

そこで席についているのは私を含め二人しかいなかった。

向かいの席に座っているのは、私と同じS級冒険者ブラウン・カトウ氏だ。

Ｓ級の中でも比較的新参ではあるが、実直な性格で呼べばちゃんと来てくれるのは本当にありがたい。

「キミが来てくれたおかげで本当に助かった。危うく一人で伝達事項を読み上げることに……!?」

「それ傍目《はため》から見て悲しすぎるからやめましょうね？」

カトウくんは冒険者の中でもとりわけ珍しい出自。

人間国の王族の手によって召喚された異世界人なんだそうな。

戦争中、そうやって助《すけ》っ人《と》を際限なく呼び込んでいた王族だが、カトウくんもその一人だった。

しかし能力が戦争にそぐわないということで追放されてしまったんだという。

なんと勝手な話かと他人事《ひとごと》ながら呆《あき》れてしまうが、カトウくんはそれでも逞《たくま》しく生きた。

冒険者としてこの世界の生業《なりわい》を得て、ついにＳ級にまで上り詰めたんだから大したものだろう。

「おまけにＳ級になってからも増長せず、こうしてギルドからの求めにも即応してくれる」

「元が日本人ですので真面目なんでしょうねー？　そういう意味ではシルバーウルフさんこそ凄《すご》いですよ」

褒め返してくる処世の高さ。

「こっちの世界で生まれ育って、ここまで真面目な性格になるなんて。だからこそギルドもＳ級冒険者の中でアナタを一番頼りにしてるんでしょう？」

「……犬に生まれたからだとからかわれるがな、お陰で」

私は、かつて人間国で多く生み出された獣人の子孫。

そのため頭部が狼《おおかみ》のそれとまったく同じになっている。

私の遠い祖先が、失われし禁魔術によって野獣と合成されたためだというが、そのために狼の鋭敏な嗅覚を得て冒険者稼業の役に立ったり、半獣だなどと差別を受けたり、まあ善《よ》し悪《あ》しだな。

「ギルドマスターから信頼も厚くて、今日の用件も全部アナタから伝えられるんでしょう？　未来のギルドマスター筆頭候補じゃないですか」

「厄介ごとを押し付けられただけさ」

ギルドマスターも、他のＳ級と面と向かっては精神消耗すること著しいからな。

そんな変人ばかりだ。

「もう他に来ないようなら始めてしまうか。待ってるだけ時間の無駄な気がしてきた」

「二人だけの会議って会議って言えますかね？」

私とカトウくんだけで始めようとしたところに、異変が。

会合場所である建物が急に揺れ出した!?

「なんだ？　地震か!?」

どっすんどっすんと、規則的に揺れる床。

揺れはますます激しくなる……、というか震源が近くなる。

「すみませーん！　遅れましたー！」

ばぎゃごん！　とドアを開けて入室してきたのは、太ましい体つきの大柄女性。

「おー、ピンクトントンさん。来たんだ？」

「来ますよそりゃー！　でも約束の時間に間に合わなかったー！　ゴメンゴー！」

ピンクトントン。

コイツもS級冒険者の一人。

というかつい最近その資格を取った一番新顔だが実力は本物だ。

イノシシと合成された獣人の血を継いでいるそうで、そのせいか体つきも太く、パワーも絶大。

正面からの争いとなればもっとも強い冒険者とされ、新参ながらも一目置かれる。

「そんなあー！　私なんかートロ臭くていつもやんなっちゃいますよー！　足音も大きいしー！」

さっき建物全体を揺らしたドッタンドッタンいう音は……。

彼女の足音……!?

「さすがS級冒険者きっての武闘派と言われるだけはあるな？　過去に素手でサイクロプスを殴り殺したことがあるって本当？」

「うふふー、シルバーウルフさーん！」

彼女の手が、肩に置かれた。

「乙女には秘密があるんですよー……？」

「ごっ、ごめんなさい……ッ!?」

俺の肩を摑《つか》む彼女の握力が凄《すさ》まじい。

肩の骨が砕けるかと思った!?　怖い!?

「ダメですよシルバーウルフさん、ピンクトントンさんを怒らせたら死にますよ？」

「どこが彼女の怒りポイントかまだよくわからないし!!」

それくらいS級冒険者同士って繋《つな》がり薄いんだよ!!

「はあ、ともかく五人中三人が集まったんなら上出来か。とっとと説明してとっとと終わらそう」

「そうはいかないにゃーん!!」

なんだよ今度はッ!?

声がした!?　しかも上から!?

見上げると何者かが天井に張り付いておる!?

「誰が来てないなんて言ったにゃーん!?　私は最初から、この天井に張り付いていたにゃーん!!」

「何で張り付いていた!?」

あの独特な語尾、聞き間違えはしない。

この声の主こそ、これまたS級冒険者の一人ブラックキャット!

ネコ科動物の因子を持った獣人の子孫だ。

張り付いていた天井から離れ、スタッと机の上に着地。

無駄のないスラリとした体つきが魅惑的な女性。

「こら!　机の上に乗るな!　降りなさい!」

「嫌にゃーん。机の上に上るのは猫の正当な権利にゃーん」

そんな権利はない!

獣人の中には、自分の中に交じった獣性に過剰なアイデンティティをもって必要以上に獣らしく振舞おうとするが、まさにそれがコイツだ。

たしかにネコ科動物の因子を得ることで身についたしなやかな体つき、俊敏性、暗闇でも利く視覚、平衡感覚などすべてダンジョン攻略で役立つものであり、彼女をS級に引き上げた要因だろう。

ただ、余計な部分というか。

猫の気まぐれな性格までトレースしなくてもいいんじゃないか。

「……お前、ずっと天井に張り付いていたのかよ？」

「そうにゃーん！　実は私が一番乗りにゃーん！」

なら何故《なぜ》ずっと隠れていた!?

意味があるのかその行為に!?

「お鼻自慢のシルバーウルフちゃんがいつ気づくか試してたにゃん。結果は散々だったにゃーんが」

「ぐぬッ!?」

「まったく気づけないにゃんてS級の名が泣くにゃーん？　でもしょうがないにゃ！　私は毛づくろいすることによって自分の臭いを消すことができるにゃん!!」

そう言って自分の腕を舐《な》めるブラックキャットのヤツ。

たしかにアイツはそうやって自分の臭いを消すことに秀でているのだ。

嗅覚を自慢にS級入りした私にとって、天敵……！

「私は体が柔らかいからどこだって舐めて綺麗《きれい》にできるにゃーん！　こうやって股の間も……！」

「わかった！　わかったから人前でやらなくていい!?」

くっそ。

出てくる順番ごとに変人度が増して扱いづらくなる……!?

五人中四人まで出てきて、この分じゃ最後の一人はどんだけ変人になるんだって話だ!?

いや、知ってるけど。

まだ来ていない最後の五人目、前にも会ったことがあるから知ってるけど。

たしかにアイツは変人だ！

「しんどいヤツが来る前にさっさと用件済ませて解散しよう」

「賛成にゃーん」「とっとと終わらせちゃいましょー！」「次行ってみよー」

皆も賛同してくれたので今日の議題！

魔王軍から申し込まれた勝負について……！

窓の戸が割れたー!?

破片が部屋の中に雪崩《なだ》れ込んだー!?

暴風が吹き荒れたー!?

そして割れた窓から侵入してくるマントの男！

「呼ばれて飛び込んでやってきた……！　オレこそがもっとも優れた冒険者……！」

噂《うわさ》をすればやってきた。

最後の五人目のＳ級冒険者……！

「S級冒険者ゴールデンバットここに見参」

「モノを壊しながら入ってくるな!!」

結局、気まぐれで何人呼びかけに応じるかわからないS級冒険者が全員揃《そろ》った。

来るなら指定した時間通りに来いやッ!!

# 挑戦されたS級冒険者

| Let's buy the land and cultivate in different world |

引き続きS級冒険者のシルバーウルフだ。

ゴールデンバットのクソ野郎が壊した窓戸を片付けてから会談再開。

「面倒なことを……、さっさと手早くやれないのか?」

「お前がやること増やしたんだろうがあ‼」

だからこのゴールデンバットと顔を合わせるのは嫌だったんだ!

S級冒険者ゴールデンバット。

不快ながらS級の中でもさらに抜きんでて最高の冒険者という呼び声高い。

『他と協調せず、冒険の成果だけを求める』というS級冒険者なら大なり小なり持っている性状を、この男ほど濃厚に宿した者はいない。

そのお陰で打ち立てた功績は計り知れない。

中でももっとも凄(すご)いのは、新しいダンジョンを発見してくることだ。

冒険者の仕事はダンジョンの中を探ることだけじゃなく、まだ存在を確認されていないダンジョンを見つけてくることも含まれる。

何しろダンジョンはそれ自体が湧き出す富の源泉なので、一つ新しいダンジョンを発見するだけでも大事(おおごと)なのだ。

無論そんじょそこらの冒険者では成し遂げられぬ難行。

今では新ダンジョンを一つ発見すれば、それを理由にS級になれると定められているが、このゴールデンバットのクソ野郎はこれまで通算十八の未登録ダンジョンを発見している。

これは過去歴代を見渡しても破られない記録だった。

それをもってゴールデンバットこそが世界最高の冒険者という評価が高く、私のような善良なS級冒険者の癇《かん》に障るのだった。

「S級に人格など求められていないのだ。必要なのは実力、成果。それをもっとも持ち合わせるオレこそが最高冒険者に相応《ふさわ》しい!!」

「ムカつくなあコイツ……!?」

こんなノリだから年がら年中未発見ダンジョンを求めて山野を巡り、顔を合わせることなどまずない。

今回の招集にも応じないとタカを括《くく》っていたのに、何が楽しみでその不快な面《つら》を見せにきた?

「犬っコロよ……？　オレだって一年の大半は人里にいないが、それでも噂話《うわさばなし》ぐらいは聞いているんだぞ。何しろ耳はコウモリの自慢だからな？」

「チッ」

「今の舌打ちも聞こえたぞ？」

たしかにコウモリの獣人であるゴールデンバットの聴覚は全冒険者一。

その耳はダンジョン内で起こるすべての事象を聞き分けられるとか。

左様に獣人は、合成された獣の能力を引き継いで有効利用し、普通の人族ではできないこともやってのける。

現S級冒険者のほとんどが獣人で構成されているのもけっして偶然ではない。

「で、お前の御大層な耳は一体何を聞き取ったというんだ？」

「オッサンのすかしっ屁《ぺ》かにゃーん？」

周りの口が悪くなるのもゴールデンバットが嫌われている証拠だった。

「オレが聞いた話では近々、魔国でも冒険者が活動できるとかなんとか……」

「やっぱり耳が早いな？」

その話をもう聞き及んでいるとは……!?

「えッ!?　マジかにゃん!?　そしたら魔国側のダンジョンも探索できるにゃん！」

「入ったことのないダンジョンが星の数ほど！　胸躍りますねー！」

冒険者ならば興奮しないわけにはいかないこの報《しら》せ。

常にまだ見ぬダンジョンを夢見、想像の中で攻略法を思い描いているのが冒険者という生き物。

人間国に生まれた俺たちにとって魔国は立ち入ることのできない異境。

まだ見ぬダンジョンが無数に散らばるフロンティアだ。

「既存のダンジョンなど飽き飽きしたオレたちにとっては、まさに朗報。未知に挑戦してこその冒険者。探索済みのダンジョンなどクズだ！」

「それアレキサンダー様の前で絶対言うなよ」

こんなヤツだからほとんど山野に潜り込んでいてくれて本当に助かる。

「魔国のダンジョンが開放されれば、まさにそれは大冒険者新時代！　存在する価値もない人間国だったが、滅びることでやっと役に立ってくれたな！」

「なんでお前はそう方々に敵を作りにいくんだ？」

「調子に乗った芸人みたいだよね」

カトウくんのよくわからない一言だが、妙に納得できた。

「それよりも魔国ダンジョンはいつ開放されるにゃーん？　私も早く潜ってみたいにゃーん!!」

冒険者ならば心躍るなという方が無理であろう。

私だって冒険者の端くれなれば、この情報を聞いてからワクワクが止まらない。

しかしだ。

「望みが叶《かな》う前に、片付けねばならない問題がある」

「なんにゃーん？」

私はギルドマスターから言付かった話を順番に話して聞かせた。

魔国のダンジョンを管理しているのは魔王軍であること。無論魔国ダンジョンを冒険者に開放することも魔王軍の判断で行われる。

しかし、その中の一部が反感を持っていて『冒険者など何するものぞ！』という気分がある。

それを押しのけて魔国ダンジョンを民間開放するためにも、冒険者の実力をたしかめたい。

……と魔王軍上層部が言ってきた。

「冒険者ギルドは、相手側の意を汲《く》んで勝負を受けた」

「勝負？」

「ダンジョン攻略競争だ。同じダンジョンに入り、どれだけ多くの探索成果を上げるかで競い合う。その勝負に勝てば我々冒険者に魔国ダンジョンの探索を許可するという」

魔王軍としてもメンツとプライドが邪魔しているということはわかる。

仮にも戦争の勝者だ。

敗北した側の民間集団に前線を明け渡すなど、そりゃあ屈辱だろう。

本当なら自分の力不足など絶対認めたくないだろうが、それを勝負を経てとはいえ実行しようということは、敬服すべき決断力だ。

「ふん、無能な魔族どもは恥の上塗りをしたいらしい。とっととオレたち冒険者に明け渡せばいいというのに、わざわざ決定的な敗北が欲しいというのか？」

「お前ホント現場では喋《しゃべ》るなよ？」

冒険者ギルドも意を受け、保有する最高の戦力をもって相対すると決めた。

つまり、私たちＳ級冒険者だ。

「我々はチームを組み、魔王軍の代表とダンジョン攻略勝負を行う。もちろん絶対に勝つぞ。魔国でのダンジョン探索権を得るために！」

「当然だ。この世界のダンジョンはすべて、我ら冒険者に攻略されるためにある。魔王軍の無能どもに教えてやろうではないか。お前らはもう用済みだとな！」

ゴールデンバット黙ってて！

魔王軍は戦勝者として、私たちを奴隷扱いにもできるとわかっているのか？

「魔国のダンジョン楽しそうにゃーん！　私も行きたいにゃーん！」

「冒険者になっても魔王軍と争うことになるとはねー！　私もやらせていただきますよー！」

「大丈夫だぁ」

他のS級たちもこぞって参加を表明。

やっぱり実利というエサがぶら下がっていると覿面《てきめん》だな。

「わかった。普段はスタンドプレーの多い私たちだが、当日は団結して勝ちへと向かおう。冒険者の、人族の未来のために」

「ハイハイハイハイ！　質問にゃーんッ!!」

ここで揃《そろ》って『エイエイオー』と奮いたいところだったんだが。

やっぱ個人の欲求にしか向かわないかコイツらは。

「……何かなブラックキャット？」

「勝負ってどこでやるにゃん？　どこのダンジョンを使うにゃん？」

まずそこに疑問が向かうのはやっぱり一流冒険者だな。

「そうだねえ、勝ちを狙うなら今からできることはやっとくべきだよね。事前にどのダンジョンに潜るかわかっていれば傾向特色を調べ、対策を取ることもできる」

「ホントやり合うとなったら迅速だなお前ら」

ダンジョン探索競争だからな。

たしかにダンジョンの事前調査は冒険者にとって基本のキ。

これを怠るものは冒険者失格と言っていいくらいだ。

「でも、これって考えてみると難しくありませんー？」

ピンクトントンの意見。

「皆さんの言う通り、ダンジョンの前情報は攻略の成否を大きく左右します。攻略勝負なら勝敗も。でもこれ、どっちの国のダンジョンでやるかで必ず不利有利になりません？」

「そうだな、魔国のダンジョンでやれば魔王軍の有利。人間国のダンジョンでやれば我々冒険者の有利になるだろう」

それぞれのホームなのだから。

公平を期すという意味でこれは非常に難しい問題だが、その点は既に解決を見ているという。

ここに来る直前、とんでもない御方《おかた》から報せを受けた。

「魔国のダンジョンでやればよかろう。ダンジョン探索の専門家である我々が払うべき当然のハンデだ。魔王軍のアマチュアどもにプロの凄さを思い知らせてやろうではないか」

ゴールデンバットの戯言《たわごと》は聞き流すとして……。

「問題ない。勝負に使われるダンジョンには、今まで誰も入ったことのない未踏ダンジョンが使われることになった」

「何？」「何にゃと？」「何です？」「何？」

一斉に食いついてきやがった。

さすが冒険者。

「シルバーウルフお前今なんと言った？　未踏ダンジョン？　そんなものがこの地上にあるというのか？」

「あるそうだ。私だって信じがたいが、情報を持ってきたのがあらゆる常識を超越する御方だからな」

だから信じないわけにはいかない。

「どこにゃ!?　どこのダンジョンにゃーん!!　未踏！　未知！　誰も入ったことのないダンジョン！　知りたいにゃーす!!」

「そんなものオレが見つけたダンジョン以外にあるわけないだろう!?　適当なことを言うな！　この世界すべてのまだ発見されていないダンジョンは！　オレが見つけるまで見つかってはならないのだ!!」

本当に未発見ダンジョンは冒険者の大好物。

冒険心がこそぐられるよな？

しかし勝負の公平のため事前調査は禁止とのことらしい。

勝負の当日まで我慢してくれ。

かく言う私だって……。

今まで見たこともないダンジョンを攻略できると聞いて……。

胸の高鳴りが抑えられない！
勝負当日まで寝れなそうなんだけども!!

ついにこの日がやってきたー。

……と、俺も心躍っております。

俺です。

ここは竜の皇帝ガイザードラゴンが住む孤島。

つい先日まで、この島は何もないサラ地だった。均《なら》したような草一本生えない土剝《む》き出しの平地だったが、それが、何と言うことでしょう……！

「こんなに立派なお家が建って……!?」

お家って言うかもう、城だな。

聳《そび》え立つ巨城だ!!

これが遂《つい》に完成した新ガイザードラゴン、アードヘッグさんが住み暮らす新・龍帝城！

皇帝の大神殿!!

「おれが……、おれが苦労して作り上げるはずだった龍帝城が……!!」

その主人となるべきガイザードラゴンのアードヘッグさんは、巨大なる門前で呆然《ぼうぜん》と立ち尽くしていた。

現在、人間バージョン。

「これを築くために修行を重ね、イメージを鍛え、成長した証《あかし》として築き上げるはずだった龍帝城が……!?」

他人の手で築き上げられております。

何かゴメンね？

成り行きでこうなったとしか……!?

「いやー、今回もいい仕事をしたのだー！」

「久しぶりに一から築き上げるのも楽しかったな」

「皇帝竜の城に、き、妃《きさき》の趣味が加わるのは当然のことなのよ!!」

満足げな表情でワラワラするヴィール、アレキサンダーさん、ブラッディマリーさんの面々。

コイツらが城主を差し置いて城の建築を推し進めた狼藉者《ろうぜきもの》たちだ。

「すべてはアードヘッグがグズグズしていたのが悪いのだ！　ドラゴンはいつも即断即決！　地上最強の生物が思いあぐねることこそ在り方にそぐわぬのだ!!」

「そうよ！　特にアナタは、その竜の頂点に君臨するのだから、及び腰などあってはならないことなのよ！」

謎の説教を食らうアードヘッグさん。

いいじゃないか躓《つまず》いたって、ドラゴンだもの。

「ぐぬうう、たしかに言われてみればそうだなあ。今回は、我が優柔不断の報いとして受け入れよう。……そうだな、竜の皇帝たる者、つねに即断即行であらねば！」

「その意気よ！　さすが我が夫!!」

……なんかブラッディマリーさん、前会った時よりグイグイ来てない？

あの人こそ即断即決というか、即断即行が著しいというか。

「こないだマリー姉さまの実家で助けた人類たちに、色々吹き込まれたみたいですわー」

とシードゥルさんが言った。

何？

「ニンゲンどもは産んで殖えるだけが能の生き物だからな。ま、その長所も取り込んでドラゴンは益々《ますます》究極生物に近づくがいいわ」

と先代ガイザードラゴンのアル・ゴールさん。

何？

「とにかく準備は整った！　あとはここにニンゲンどもを誘い込み、コテンパンにしてやるだけなのだ！　その時ニンゲンは思い出すのだ、自分たちが支配されている生き物だということを!!」

よくわからんヴィールの意気込みを受けて、本格的に動き出すダンジョン攻略勝負。

そう、最初はそういう話でスタートしたからな。

魔族と人族がそれぞれ代表を出して、ダンジョンの攻略で競い合う。

勝った方がこれから世界全体のダンジョン管理を担っていくんだ。

新時代の色を決定する重大な一戦といえよう。

勝つのは魔王軍か？

それとも人族の冒険者たちか？

勝負の舞台として、新たにガイザードラゴンとなったアードヘッグさんの城以上に大きく立派なものはない。

「まあ……、好きに使ってくれ」

アードヘッグさんの萎《しな》びた返事に申し訳なくなった。

こうしてすべての意思が集約され、訪れた戦い当日……!?

＊　＊　＊

会場となった新・龍帝城は、思った以上の人だかりとなっていた。

「お祭り騒ぎだあああああ!?」

ごった返す人、人、人!?

何百人いるんだこれ？　何千人!?

なんでこんなに人が集まっているの？　全員参加者!?　さすがに違うよね!?

「おお聖者殿！　よくぞ参った！」

人ごみの中から目敏《めざと》く俺を見つけたアレキサンダーさん。

寄ってくる。

「アレキさん!?　このバカ騒ぎは一体!?」

「勝負といっても、当事者だけでは寂しいからな。それに重大事を決めることだから結果を見届ける証人は多い方がいいと思って見物客を呼び込んだのだ」

見物客!?

それじゃあもうマジでただの催し物では!?

「魔国、人間国から広く希望者を募ったら、数千人になってな。急遽《きゅうきょ》観客席を用意するのに苦労したわ」

「やっぱり千人単位でいた!?」

そりゃあ、この人ごみだもんなあ！

こんな孤島によく集まったもんだ。移動手段何!?

「もちろん転移魔法だが」

「便利だなあ、あの魔法!?」

「聖者殿のところの住人たちが全面協力してくれて助かったぞ。何しろあれだけまとまった単位の転移魔法使いを抱えているのは、聖者殿のところのみだからな」

そして知らないうちにウチの子らが大活躍していた!?

たしかに『悪用されたら大変だから』という理由で厳しく規制されている転移魔法を、自転車代わりのように気楽に使っているのは我が農場だけですが……!?

「他にも観客用のスタンドを建てたり、色々設営してくれたのはそちらのオークたちの手腕だしな。聖者殿の協力には心から感謝している」

「やっぱりアイツらも関わっていた!?」

大きなイベントあるところ必ずやってきて、なんか建てていく建築マニアの農場オーク！

オークボ城や農場博覧会の経験が生きておりますわ！

よく見たら、あちこちに出店が立ってお祭り騒ぎに一役買っておるが、その出店を切り盛りしているのはウチの農場のゴブリンたちでは!?

「納豆ー、納豆はいりませんかー？」

「イベントプロデュースがほぼウチの独壇場……!?」

駅弁の立ち売り箱みたいなのに納豆詰め込んで売り歩くホルコスフォンとすれ違った……!?

ウチの農場の住人たち……、すっかりイベント運営に手慣れて……!?

「彼らのおかげでイベントの成功は約束されたようなものだな。私自身ダンジョンを営む者として、聖者殿のクオリティに感服する」

これ半分近く俺の知らないところで進んでたんですがね？

俺も感服していますわ。

仲間たちのお祭り好きに。

「さあ、共に参ろう聖者殿。こっちが観戦席だ！」

アレキサンダーさんに連れられてきたのは、これまた豪勢な作りになった……、ここは……!?

「どういう場所？」

「本来は新生龍帝城の正門前に当たるが、そこに観戦用のスタンドやらを置きメイン会場としたのだな。観客は満員、熱気に満ち溢《あふ》れておる……！」

このアレキサンダーさんのウキウキした口調よ。

まるで自分のイベントのようではないか。

たしかに巨大な城壁に囲まれ見上げるほどに巨大な門の対面となるように、三方を囲む観客席は数千人を収容できる規模だった。

そこへ詰めかける人族と魔族。

恐らく互いの代表者を応援するために詰めかけたのか。

「シルバーウルフ様ー！　頑張ってー！」

「エーシュマ様レヴィアーサ様ー！　魔族に再び勝利をー!!」

もう既に大盛り上がり。

「ん？　あっちの席は……？」

その中で不全に盛り上がりが足りない一区画。

そこに居並んで座っている方々は、まんじりともしない表情で一言も喋《しゃべ》らない。

見た目の感じ魔族でも人族でもなく、あの感じは……？

「……人間に変身したドラゴン？」

「その通りだ。さすが聖者殿よく見抜かれた」

本当にな。

ヴィールとか見慣れているおかげで違いに気づけるんだろうか？

「あれは、あちこちに住んでいるグリンツドラゴンやグリンツェルドラゴンだな。新たな皇帝竜の居城、竣工《しゅんこう》祝いにやってきたのだ」

「ほう……!?」

「参内《さんだい》したということは新皇帝竜の新支配体制に屈服した意思表示でもあるが、実際のところはアードヘッグの手腕を見るための視察というところだな。面従腹背が香り立っておるわ」

ふっふっふ、と悪い笑いを漏らすアレキサンダーさん。

たしかにアードヘッグさんは今や一番偉い竜（実力はさておき）だし、そんなドラゴンが新居を建てたらご機嫌伺いくらいにやってくるのはパンピーの義務とも言えようが……。

ん？

何かコソコソ話している？

「……これが新たな龍帝城……？」

「知っているか、新たにガイザードラゴンとなったアードヘッグとやらは、これをみずからの力でなく他のドラゴンに築かせたそうだ」

「自分ではやらずに、他者に頼るとはなんと情けない!?」

「しかし、そのために働かせたのがブラッディマリー姉上にヴィール姉上、さらにアレキサンダー兄上まで働かせたと……!?」

「何だそのメンツは!?　いずれもかつてのガイザードラゴン最有力候補ではないか!?」

「そのような強豪たちに労働を強いたと!?　彼らはアードヘッグとやらに臣従しているというの

か!?」

「それだけ強いということなのか？　これは迂闊《うかつ》に反逆しては即刻レッサードラゴンに……!?」

……なんか勝手に分析して勝手に恐れを抱いておる……？

ああなったら、アードヘッグさんの新居お披露目も大成功といったところかな。

様々な影響効果を生みつつ、イベントは本番へと進んでいく。

新・龍帝城の正門前。

多くの観客が詰めかけたこの場所は、もう本当にイベント会場としか思えない。

これからどんな楽しいことが起きるのかな？

「皆の者！　我が居城へとよくぞ参った!!」

芝居がかった声が放たれたのは、城門の上の縁の部分から。

そこに堂々とした振舞いの男性と、寄り添うように立っている麗しい美女がいる。

「我こそはアードヘッグ！　この新たなる龍帝城の主にして全ドラゴンの王！』

語りながら変身し、みずからの姿を本来のドラゴンのものへと変える。

迫力たっぷりで、詰めかけた観客たちを圧倒する。

また見事な効果だった。

『誇るがいい！　我が城の新築祝いに同席できる、その栄誉を！　我が城の素晴らしさを見届けられる幸運を！　そして本日はお日柄もよく、えーと……!?』

早くも威圧的な文言のボキャブラリーが枯渇しかけているアードヘッグさん。

ボロが出ている。

「やっぱりアイツは高圧的な口調が不得意だなあ？」

「だったらやらせなきゃいいのに⁉︎」

誰だよアードヘッグさんの苦手な方向性で挨拶させようとしたの⁉︎

きっとヴィール辺りだ！

『もう、何をしているの⁉︎　情けないわね！』

そこに助け舟を出したのは、漆黒の翼を広げるもう一体の巨竜。

さっきまでアードヘッグさんの隣に寄り添っていた美女が変身したものだった。

『いいこと⁉︎　偉大なるガイザードラゴンの直言を、アナタたち下等生物が耳にするなどあまりに恐れ多いわ‼︎　代わってこのわたくしが！　アードヘッグに寄り添うもっとも忠実な竜、皇妃竜グィーンドラゴンたるこのブラッディマリーが宣じます‼︎』

アードヘッグさん以上の高圧さで言う漆黒竜。

『まず、我が夫アードヘッグ様に逆らう者は全員殺します！』

いきなりぶん投げた。

『我が夫は世界の支配者！　最強種族の頂点！　逆らう者は一人もあってはなりません！　そして反逆者を殺すのに王者の手を煩わせる必要はありません！　我が夫の敵は妻たるわたくしの敵と心得なさい！』

『あの……マリー、もう少し友好的に……⁉︎』

『ゆえにこの遊戯の場は、我が夫の力を知らしめるために用意してやったもの！　我が夫が治める新・龍帝城の大きさと恐ろしさを直《じか》に見て、その主たるアードヘッグの恐ろしさを思い知りなさい！　今日の催しは、そのためだけにあるのよ!!』

『もうちょっと歓迎の意を表しても！』

ガンガン暴走していくブラッディマリーさんにあたふたするアードヘッグさんを見て、観客席の誰もが『ああいう間柄なんだな』と思った。

「奥さんの愛が暴走しているなあ……」

「わかる、わかるわ。新婚の時って思いが行きすぎがちよね」

「竜の王妃様の愛が大きすぎる件について」

「苦労しているんだなあ竜の王様も……」

全種族からの皇帝竜への好感度が少し上がった。

『……と、いうわけで！　今日は皆思う存分に楽しんでいってくれ！　それでは続いて本日の主役たちを紹介しよう！』

息を切らしたアードヘッグさん。

その宣言に合わせて、地上のステージ的なところに続々と入場してくる数人。

『彼らこそ、我が龍帝城を攻略するために名乗りを上げた各種族の猛者《もさ》たちだ！　拍手をもって迎えてくれ！』

そうして現れた選手（?）たちは大きく二つの陣営に真っ二つに分かれているのがわかった。

一つは人族、一つは魔族。

それぞれに俺の見知った顔があった。

人族側の陣営で、俺の記憶に合致する顔は一つ。

シルバーウルフさんだ。

S級冒険者である彼は獣人でもあるがゆえに顔が狼《おおかみ》のそれであり、一度見たらまあ忘れない。

しかもその周りにはこれまたバラエティに富んだ顔ぶれになっていた。

猫耳の女性やら、鼻がブニッと潰れてブタみたいな感じになった逞《たくま》しい女性とか、恐ろしげな耳を伸ばすマント男や、あと普通の人。

それに対し魔族側はエーシュマやレヴィアーサや、それにベルフェガミリアさんと見知った顔ばかりだ。

一人だけ初めて見る顔もあるが……。

「っていうか……、魔族側のあの参加者たちは……!?」

「左様、我が自慢の最精鋭、魔王軍四天王だ」

と後ろから話しかけられて『うおッ!?』となる。

誰かと思えば魔王さんだった。

「魔王さんも観戦に来てたんですか!?」

「これほど大きなイベントだから、我も顔を出さねばな。開催に尽力してくれた聖者殿やアードヘッグ殿への義理もあるからな」

俺も知らないうちに話がこんなに大きくなってたんですが?

それよか、勝負の参加者に四天王が直接出てくるなんて。

魔王軍の頂点にいる人たちでしょう？

そんな人たちが出てくるってことは、全力を注いでるってことじゃないか？

「この勝負は、魔王軍の改革のために必要な措置。自分たちの仕事を代わって任せるに足る相手かどうか。冒険者たちの力量を示してもらわねばならん。だからこそ全力を尽くさねば、こちらから提案したことだし筋が通らぬであろう？」

相変わらず真面目な魔王さんだった。

それに対して人族側は……。

「参加者は全員S級冒険者だ」

説明してくれるのはアレキサンダーさんだった。

しかも何故《なぜ》か自慢げに。

「冒険者ギルドが誇る最高の手練《てだ》れたちだ。ゴールデンバット、シルバーウルフ、ブラックキャット、ブラウン・カトウ、ピンクトントン。いずれも得意な分野を持つ第一級の冒険者。魔族最強を誇る四天王といえど容易に勝てる相手ではないぞ？」

「伺っている。なんでも彼らの名声は、本国にてこの魔王をも上回るとか。むしろそこまでの最高戦力を出してくれたことを先方の敬意と受け取ろう」

くっくっく……、と不敵な笑みを漏らしながら視線を交わらせる魔王さんとアレキサンダーさん。

でもなんでアレキさんが人間側代表みたいな面してておるの？

もっと他にいるんじゃない？

冒険者ギルドのギルドマスターさん？　的な？

『よくぞ集まった、勇敢なる人類よ！　お前たちが我が新・龍帝城の最初の客人にして、侵入者だ！』

『全員叩《たた》き潰してやるわ!!』

またドラゴン形態のアードヘッグさんが芝居がかって進行する。

もう完全にお祭りだな。

『お前たちにはこれから、我が龍帝城へと入り最深部を目指してもらう！　城の主たるおれが待つ最深部へとな！』

『当然わたくしも待っているわよ！』

『城内は、いくつも道が分かれ迷宮の体を成している。お前たちは好きな道を進み我が下《もと》を目指すがよかろう！　正しい道もあれば間違った道がある！　どちらが正しいかを読み取り前進できる能力を持った者が勝者となれるわけだ!!』

『最終的にはわたくしが全員潰すわ!!』

ブラッディマリーさんの愛がノイズ……!?

『お前たちが優劣を競いたいというなら、先におれの待つ最深部へとたどり着いた方が勝者ということでどうだ？……しかし、城内にはお前たちを歓迎するために用意した罠《わな》で溢《あふ》れかえっている。たどり着くこと自体果たしてできるかな？』

挑戦的な物言いのアードヘッグさん。

いや、正味の話あのダンジョン、ヴィールやらアレキサンダーさんやらブラッディマリーさんが勝手に手を加えたおかげでかなり凶悪なダンジョンと化している模様。

極悪なトラップが点在しているものと思われる。

『我らも途中から手伝わされましたぞ』

『猫の手を貸してやったにゃー!!』

ノーライフキングの先生と博士!?

お二人まで作成に参加して!?

益々《ますます》凶悪になっておることが目に見えているじゃないですか!?

『おかげで今日のお祭りも見学できますし、賑《にぎ》やかなことはよいことですな。聖者様との付き合いが始まってワシも祭りが大好きになりました』

『祭りと猫は異世界の華にゃー!!』

先生に楽しんでいただけるのはけっこうですが……!?

「なんと!?　ノーライフキングまで!?」

「新たなるガイザードラゴンは、同族だけでなく不死の王まで従わせているというのか!?」

「それほどの実力が!?　やはり新帝に抗《あらが》うのは無謀なのかも……!?」

と来賓席のドラゴンたちが勝手にビビっている。

このお祭りでアードヘッグさんの支配力が上がれば一挙両得だな。

『さあ、これにて説明と宣言は終わった！　あとは戦いを始めるのみ！　さあ、城門を開け！　我がダンジョンに乗り込んでくるがいい!!』

アードヘッグさんの宣言によっていよいよゲームスタート。

これから魔王軍と冒険者のトップ同士による熾烈《しれつ》な競争が始まる……!

かと思いきや……!?

「ちょっと待ったー!!」

そこへ乱入する何者か。

「見過ごせないわね、こんな楽しいイベントを魔族と人族だけで楽しもうなんて。アタシたちを仲間外れになんてさせないわよ!」

その声は……、プラティ。

「人魚族もまた、このお祭りに加えていただこうじゃない。アタシたち六魔女、四天王もS級冒険者も蹴散らして人類最高ってことを証明してあげるわ!!」

# 急襲、第三勢力

Let's buy the land and cultivate in different world

「ぷ、プラティ!?」

俺の奥さんが、突如会場に乱入しておる!?

しかも彼女だけではない。その後ろからパッファ、ランプアイ、ガラ・ルファ、ゾス・サイラさん……。

「あのメンツは……!?」

「狂乱六魔女傑ッ!?」

人魚族における最高の魔法薬使い。

それを指して『魔女』と呼び、皆が恐れながら憧れる。

そんなアンビバレンツな存在たる魔女が六人集まって構成されたのが狂乱六魔女傑。

我が妻プラティもその一人だ。

「魔族における四天王、人族におけるS級冒険者、それに匹敵する名声を人魚族の中で持つ者といえばアタシたち六魔女よ?」

不敵に言うプラティ。

それを囲み見る観客たちは、一体何事かと戸惑うのみ。

「要するに人類最高のチームを決めるこの競技に、アタシたちも緊急参戦ってわけよ。人魚のことをよく知らない陸の方々に、アタシたちの凄《すご》さを学んでもらうわ！」

ちょっとちょっと!?

さすがに我が奥さんのことなので傍観もできず、貴賓席から駆け下りて会場へと向かう俺。

プラティの下へ駆け寄る。

「何やってんのプラティ!?　ダメだよ予定を引っかき回したら迷惑でしょう!?」

「大丈夫よ！　アタシたちの乱入自体は主催者側に申請を通してあるわ！」

予定に織り込み済みのトラブルだった!?

なんというプロレス感。

「今回のイベントを目の当たりにして思ったの！　これから世界がどんどん開けてくる、その流れに人魚族も乗るべきだとね！　今まで海の中に引きこもってきた人魚族だけど、これからは率先して陸に上がり、他種族と親交を結んでいかなくては！　今回はその一環なのよ!!」

言ってることは正しいとして……。

……唐突すぎやしませんか!?

「そこで急遽《きゅうきょ》、我が同志である六魔女をかき集め、戦いに参加したのよ！　この子たちの力を併せれば、陸の連中など鎧袖一触《がいしゅういっしょく》で粉砕できるということを示すのよ！」

「友好を示すためにきたんだよね……？」

「というわけでアタシは魔女の一人として、この子に勝利を捧《ささ》げるために奮戦してくるからジュニアをお願いね旦那様」

「お、おう……!?」

とここまで抱き上げられていたジュニアを預かる俺。

魔王軍と冒険者のメンツを懸けた勝負に、闖入《ちんにゅう》してもいいものだろうか？

これではただ単にお祭り騒ぎになっちゃったりしない？

「あのー……、ちょっといいかのう？」

そこへ口を挟んできたのは、プラティに引き連れられてきた陣営の中から。

『アビスの魔女』ゾス・サイラさんだった。

お久しぶりです、パッファの結婚式の時以来ですよね？

「わざわざ政策として具申してきて何事かと思ったら……？　お祭り騒ぎはいいんじゃが、これあくまで人族と魔族のイザコザじゃろう？　人魚族がわざわざ首突っ込んで話を複雑にするだけじゃないのか？」

「何よ、魔女のくせに常識ぶった意見吐いて？　宰相になって人生守りにでも入った？」

「誰が守るか!?　わらわは生涯オフェンスじゃ！　つーかお前らがこぞってわらわを宰相に就けたおかげで常識論を打《ぶ》たねばならんのじゃろうが!!」

なんか言い争いしておられる……!?

っていうか今なんて？　宰相？　誰が？

「つーかな、そう、ただでさえわらわ宰相業を押し付けられてクッソ忙しいんじゃよ？　毎日秒単位のスケジュールこなしてんじゃよ。そこに割り込んで、こんなお遊びイベントに参加させられたらマジで予定に押し潰されて死ぬんじゃが？」

「バカッ！　これはお遊びじゃないわ！　種族のメンツを懸けた戦争よ!!」

プラティの暴論が止《とど》まるところを知らない。

「これから時代が変わり、三大種族の行き来ができるようになった時、我々人魚族が他種族から舐《な》められるようになっちゃダメでしょう？　『お前の尾びれ磯臭《いそくせ》え！』とか言われたらどうするの!?」

「言われんわアホが！」

「そうならないように、ここでアタシたちが人魚族の強さを示し、舐められないようにするのよ！人族魔族が互いのメンツを懸けた勝負の場で、アタシたち人魚族がすべてを蹴散らせば、誰もが人魚を恐れて一目置くようになるでしょう!?」

「禍根《かこん》にならんかむしろ!?」

激論を戦わせるプラティとゾス・サイラさん。

周囲の観客たちは『一体何だ？』と呆《あき》れ戸惑うばかり……。

「ゾス・サイラ、これから人魚宰相として国を支えていくアナタが、そんな弱腰じゃ困るわよ？人魚は気高く、たくましい種族としてこれから陸へと進出していくの。アタシたち六魔女は、種族最高の魔法薬使いとしてその先駆けになるのよ！」

「もうちょっと平和的な方法ないかのう？」

「ないわ！　歴史とは常に戦いの連続！　他の魔女たちだって自分たちの進む道を他種族の血で染め上げたいと思っているることでしょう？　ねえ!?」

プラティからの恐ろしい確認に、他の魔女メンバーはどう応えるのか？

一応、彼女と共にここまで登場してきた六魔女のメンバー……。

『凍寒の魔女』パッファ。

『獄炎の魔女』ランプアイ。

『疫病の魔女』ガラ・ルファ。

いずれも感情を読めない深遠なる表情をしていた。

思えばこのメンツが揃《そろ》うのもけっこう久しぶりだなあ？

パッファとランプアイは、前まで農場に住み込んでいたものの結婚を機に人魚国へ帰ってしまったから。

彼女らの元気そうな顔を見られたのはとりあえずの収穫だが……。

「……すまんプラティ、アタイ今回は欠席するわ」

「えええええええッッ!?」

そこへまずパッファがまさかの出場辞退。

「どうしたの義姉《ねえ》さん!?　まさかアンタまで王妃に収まって人生守りに入ったって言うの!?　最後までツッパリ根性止まらぬと思っていたのに見損なったわ!?」

「人生守りに入って何が悪い!?　それに今、守るべきはアタイ一人の体じゃねえんだよ。だからなおさら荒事には参加できねえ」

「え？」

「今、妊娠中だからよ……」

「えええええええええええッッ!?」

人魚王妃パッファ様、まさかのご懐妊。

先日アロワナさんとついにご成婚され、かつ先代から王位を譲渡され人魚王妃となったパッファ。

その彼女が身籠られたということはお相手は当然アロワナさんであり、その子どもといえばお世継ぎ。

なんとめでたい！

でかしたパッファ！　王妃の第一義務を果たしたな!?

「おめでとー！　おめでとー!!」

俺、率先して拍手！

「おお、これはめでたい！　祝福いたしますぞアロワナ殿！」

「かたじけない……！」

いつの間にか貴賓席に人魚王アロワナさんまで列席して、皆から祝辞を述べられている!?

「おめでとう！」

「おめでとー!!」

「王子万歳！」

「ならこっちは美しい王女殿下に乾杯だ！」

身内に限らず、その場に居合わせた観客が人魔の隔てなく祝福の拍手を送った。

新たな生命誕生という誰がいつ聞いてもめでたいことだからそうなるな！

「妊娠おめでとう！　早く言いなさいよ、このぉ!!」

プラティも自身母親であるだけに、手放しでパッファの懐妊を賞賛。

「だったら競争なんてさせるわけにはいかないわね！　この時期の無理な運動が赤ちゃんにどんな悪影響を与えるかわからないわ！　こんな大事な時に何戦おうとしているの、アホなの？」

「お前が用件も言わずにここまで連れてきたんだろうがあ！」

やっぱりプラティの強引な進行だった。

妊娠初期の不安定な時期に戦わせるわけにはいかないから、当然パッファは参戦辞退、夫アロワナさんが待っている貴賓席へと移る。

「思わぬおめでたでパッファが不参加になってしまったけど、まだまだ大丈夫よ。何しろアタシたちは六魔女。絶対数は四天王より多いんですからね！」

それでも正体を隠したい『暗黒の魔女』シーラ前王妃が最初から不参加なんで、結局のところ残り四人なんですが。

「あの、プラティ様……」

「何？　ランプアイ？」

気分をとり直そうとしているプラティへ、今度は『獄炎の魔女』ランプアイが言う。

「わたくしも妊娠しました」

「はあああああああああああああああッッ!?」

そういえばランプアイも同じ時期に結婚して人魚国へ帰っていったっけ。

ご懐妊の時期が同時でもまったく問題ない!!

「というわけでわたくしも今回見学させていただいてよろしいでしょうか？　お腹《なか》の子に何かあっては夫たるヘンドラー様に顔向けできませんので」

「……おめでとう！　体をいたわって!!」

またしても会場全方向から『おめでとう！』『おめでとおおッ!?』と万雷の拍手。

優しい世界だなあ。

「……だ、大丈夫よ！　三人に減ってもアタシたちは魔女！　必ずや優勝してこの世界に人魚ありと知らしめることができるわ!!」

「諦めて帰らんか!?　残り三人ったって、コイツはどう考えても戦闘向けじゃないじゃろ!?　実質わらわとお前の二人ぼっちじゃろ!?」

益々《ますます》追い詰められて重苦しいゾス・サイラ。

なんとか戦わずにことを収めようと必死だ。

そしてそんな両者に挟まれる三人目の魔女『疫病の魔女』ガラ・ルファは……。

「大丈夫です！　非力な私ですが皆さんの足を引っ張らぬよう頑張ります！」

「お前が前向きになってどうするんじゃあああああッ!?」

こうしてゾス・サイラの抵抗虚《むな》しく人魚族代表狂乱六魔女傑（実際参加三人）の参戦が決まった。

つまりこれは……。

魔族の魔王軍四天王。
人族のＳ級冒険者。
人魚族の狂乱六魔女傑。
三大種族それぞれのビッグネームが入り乱れての三つ巴《みつどもえ》の戦い!?
お祭りの盛り上がり度が上がったことだけは間違いあるまい。

## 肉弾衝突

| Let's buy the land and cultivate in different world |

S級冒険者のシルバーウルフだ。

今、魔王軍との勝負の舞台となる未発見ダンジョンの前にいる。

これから魔族側の代表とメンツを懸けた攻略競争を行うのだ！

と言いたいところだが……。

それよりも皆、新しいダンジョンに入れることの方に興味がいっぱいになっている。

「新しいダンジョンにゃ、新しいダンジョンにゃ、新しいダンジョンにゃ、新しいダンジョンにゃ、

新しいダンジョンにゃ――――――ん……！」

「早く攻略させろ、早く攻略させろ……！ 前口上とかどうでもいいではないか……!?」

私の他のS級冒険者たちも早くダンジョンに入りたくてイライラしていた。

仕方ない、これが生粋の冒険者になってしまった者たちの習性というものだ。

何よりもダンジョンへ進むことを優先してしまう。

ダンジョンに魅入られ、憑りつかれた者たちなのだ。

そんなわけで開会の辞が終わりやっとダンジョンに入れる！ と思った矢先に人魚族たちのコント が入って中断され、益々苛立ちが募る。

ご懐妊は普通におめでたいのだが……。

おめでとう、だから早よダンジョンに入らせて！　という感じだ。

「これが城郭型ダンジョン……、既存のダンジョン類型に当てはまらない、城を模したダンジョンか……!?」

「遺跡ダンジョンの親戚とか言われてるけど、古ぼけた感じがまったくなくて綺麗《きれい》にゃーん。早く中も見てみたいにゃん!!」

冒険者の中の冒険者、S級冒険者となればこんな風になってしまうのだ。

一種の職業病だな。

「うーん、魔族だけでなく人魚族まで相手にしないといけないんですね？　どうしましょう？」

「キミは冷静だなカトウくん……!?」

同じ冒険者でも異世界人のブラウン・カトウくんは冷静だ。

「競争相手が増えたところで問題ない。あちらも魔王軍同様ダンジョン探索が本職でないのは見てわかる」

ダンジョン探索の本職といえば、我々冒険者のみ！

独壇場で戦えるのだ。

「いつも通りの探索を行えばいい。それで敗けることなどないはずだ」

「さすがシルバーウルフさん。ベテランの風格ですね」

そんな世辞を言ってくれるカトウくんが仲間内にいてくれるのは助かる。

何せS級冒険者といえば基本的に変人揃《ぞろ》いだからな。

我々の中から敗因が生まれるとすれば、それら強すぎる我《が》によって連携が乱れることだ。

「早くにゃ、早くにゃ、早くにゃ、早くにゃ、早くにゃ、早くにゃ……!?」

「スタートしろ、スタートしろ、スタートしろ、スタートしろ、スタートしろ……!!」

特にブラックキャットとゴールデンバットの二人は要注意だな。

この二人はなおさら『押し留《とど》まる』とか『一歩引く』ということを知らないし。

その分聞き分けのあるヤツに我慢を強いることになるであろう。

「すまないなカトウくん……!」

「先に謝られるのも気が重いんですが……!?」

あともう一人。

S級冒険者ピンクトントンもこの中では比較的話のわかる方だと認識している。

一番新参である上に先輩を立ててくれるから、いくつかある触れちゃいけない部分を見極めさえすれば付き合いやすい方のS級だ。

何とか彼女を引き込み、三人体制で問題児どもの手綱をとれば、勝利の可能性は益々上がる。

「……ということで頼んだぞピンクトントン」

頼りになるはずの後輩に声をかけたところ……。

「嫌です」

「あれえええええッッ!?」

拒否された!?

頼れる仲間だと思ったのに!?

「すみませんシルバーウルフさん……。私は本戦には参加できないようです。私は私の、決着をつけなければいけない相手を見つけてしまいました」

「え？　どういうこと？　何!?」

まったく理解できない同輩のシリアス。

するとピンクトントンはするりと我らの陣営から離れて進み出て……。

「え？　おい、どこへ行くんだ!?」

「お前も気づいているんでしょう？　隠れていないで出てきたらどう？……四天王グラシャラ!!」

ピンクトントンが大きく名を呼ぶ!?

彼女……魔族側の四天王に顔見知りがいたのか!?

しかし四天王陣営からはまったく何の反応もない？

「シルバーウルフさん、そっちじゃありません」

「え？」

「グラシャラというのはたしか、既に引退してしまった先代四天王、今は魔王の妃《きさき》の一人となっているはずですが……!?」

物知りだねカトウくん!?

たしかに貴賓席、魔王と思《おぼ》しき威風堂々たる人物の隣に……それ以上にものゴッツい体格の女性がいる!?

「あれが元四天王のグラシャラ……!?」

「戦争時代を生き抜いた四天王……！　魔王妃として視察に来たんでしょうが……!?」

たしかに、軍人らしからぬ落ち着いた衣装で、子どもを抱きかかえているしなあ。

しかし全身から溢《あふ》れ出す覇気は、隣の魔王にも匹敵する!?

「久しぶりだなトントン……、生きて再びお前と会える日が来るとは思わなかったぜ……！」

グラシャラの側からも言葉が。

しかも因縁めいた口ぶり!?

「人魔の戦争も終わり、お前と決着もつかず仕舞いだと思っていた。オレは魔王妃として新しい責務に就き、お前の所在もわからない。これでは決着もつけようがないと……！」

「しかし天は再び私たちを巡り合わせた。どうやら何が何でも私たちの勝負に決着をつけさせたいようですねえ……！」

二者の殺気が、炎のごとく立ち昇ってく!?

一体何なの!?　何事!?

どういう展開に持ってきたいんだ!?

「そういえば、聞いたことがあります!?」

「知っているのかカトウくん!?」

「ピンクトントンさんはS級冒険者の中でも一番新参ですが、その前職は傭兵《ようへい》！　魔族との戦争に参加して戦場で暴れていたといいます！　しかし人間国の王族が滅ぼされたことで戦争は終結し、職を失った彼女は冒険者に転職したと……！」

前の職業が傭兵!?

ってことは……!?

「戦場で、あの四天王と戦ったこともある……!?」

「いかにも最前線で暴れてそうな体つきですもんね……!?」

たしかにあのグラシャラとかいう魔王のお妃様、手足が大木のように太く、いかにもパワフル。

遠目に男だと見間違えそうだ。

S級冒険者の俺ですら圧倒される迫力。

……魔王はよくあんなパワフルな女性を嫁に貰《もら》ったな。

「さすが魔王というべきか……!?」

「ちなみに彼女が二人目のお妃だそうです」

「さすが魔王!?」

同じ男として素直に尊敬できる!!

「……魔王様、マリネをお願いします」

「お、おう……!?」

自分の子どもらしい幼児を魔王に預け、貴賓席から飛び降りる筋肉魔王妃。

着地と同時にズシンと揺れる。

地面が!?

「……魔王妃となり、前線を退いてオレの軍人としての日々は終わったと思った。しかし唯一の心残りは、お前との決着をつけられなかったことだ」

「何度も戦いましたものね……。様々な戦場で。私も戦争が終わり、傭兵で食っていけなくなり冒険者に職業替えしてからも、アナタとの決着を忘れたことはなかった……！」

いや、そういえばピンクトントンも、あのグラシャラさんに勝るとも劣らない巨軀《きよく》の持ち主。

大きいし、太い。

あんな巨体女性同士が、正面からぶつかり合ったら……!?

「今ここで……！」

「戦場でつけられなかった決着を……!?」

「「つける!!」」

うわーッ!?

ぶつかった!?

女性らしからぬ太さと重さの巨体がぶつかり合っただけで、衝撃波みたいなものが周囲に広く飛び広がる!?

「さあ、始まりました！　ピンクトントンと魔王妃グラシャラによる世紀の一戦！　双方、過去は戦場に生き、何度も戦ってきたライバル同士！　引退してもはや現役復帰はないかと思われた夢のカード！　夢の一戦！　注目せざるをえません！」

「カトウくん!?」

何その独特な口調!?

「あぁ——っと!? いきなりグラシャラの方から仕掛けてきた!? タックルが来た! しかしピンクトントントン堪《こら》える! さすがの粘り腰だ、あああ——っとッ! 持ち上げて! 持ち上げて! 叩《たた》き落とす! パワーボムだあああああ———ッッ!!」

ねえ、カトウくん?

何なのこの口調? まるでどこかで練習してきたような、状況の伝えやすさと盛り上げの両方を追求したような喋《しゃべ》り方は何?

「しかしグラシャラ! 魔王妃になったというのにブランクを感じさせない動きのキレです! パワーボムのダメージもものともしない! おおっとドロップキック! ドロップキックだ!? まともに食らったピンクトントン動けない!? そのピンクトントンに向かって……、ああーっとダイビングボディアタック! これは危険だ! さすが元四天王やることに容赦がない!!」

まあ、当人たちが楽しんでいるならいいか。

観客たちも別の意味で盛り上がり始めたし。

我々の勝負は、なんか予測しえない方向性で走り出した。

さあ、面白くなってまいりました！

肉弾魔王妃グラシャラさんvs養豚を装った暴走イノシシピンクトントン。

世紀の一戦となりました。

実況は私、俺にてお送りさせていただきます。

「そして解説には魔王ゼダンさんをお迎えしております。さあ、どうでしょう？」

「どうッ!?……ん、まあそうだなぁ」

唐突に解説役に任じられても動じないさすがの魔王さん。

グラシャラさんから任されたマリネちゃん（愛娘《まなむすめ》）に顔をペタペタ触られまくっている。

「グラシャラが我が妃《きさき》に迎えられる前、四天王の一人として最高の武闘派であったことは以前どこかで話したと思う」

はい。

それはもうけっこう前に。

「あやつは元々兵卒上がりだから、なおさら率先して前に出ることを意識していてな。戦闘中はほぼいつも最前線にいた。ヤツが出れば敵戦線はたちまち崩壊し、にもかかわらずヤツ自身は必ず生還する。その無双の破壊力をもって四天王であることを周囲に認めさせてきた女だ」

「なるほど」

「わぶッ!? こらマリネ、パパの口の中に手を入れてはいけない!? 喋《しゃべ》ってる途中なんだから噛《か》んだりするかもだろ!?」

そして解説中も魔王さんが娘さんに手こずっている。

天下無双のグラシャラさんから生まれただけに活発そうな娘さんだ。

対して俺が抱き上げているジュニアは大人しいもんです。

「そのグラシャラが現役時代の印象深い話を思い出した。敵である人族軍に唯一、彼女に対抗しうる猛者がいたとか」

「もっさー?」

「相手は勇者でも将軍でもなく、名もない傭兵《ようへい》であったという。そして獣人でもあった。かの国では獣人は差別の対象だと聞いていたから、それゆえ高い地位には就けなんだのだろう」

だから傭兵に甘んじるしかなかった?

「グラシャラと互角に戦えるというのに、実力に相応《ふさわ》しい地位を与えられないというのは、かの国の病巣の一つであろうな。戦場で二人がぶつかり合えば地は揺れ天は鳴き、他の兵は誰も手出しできなかったという」

その戦いが、今目の前で展開されております。

ボディスラムで相手を叩《たた》きつけて、その衝撃で地が揺れています。

戦いの興奮で雄たけびが上がり、天に響き渡っております。

つまり魔王さんの解説誇張じゃない。

「そのような精鋭が冒険者になっていたとは……。おそらく戦争終結で傭兵として食い詰め、職業替えしたのであろうが……。むしろ魔王軍にスカウトしたい逸材だな」

魔王さんのコメントに、周囲の観客席から感嘆のため息が漏れた。

『敵だった人族側の兵を登用するなんて……!?』的な。

そう、我々の実況解説はダンジョン競争のために集った人魔両族の観客にも聞こえていた。

ああ、そういや急遽《きゆうきよ》始まった世紀の激戦ですっかりかすんじゃったけど……。

この戦い四天王とS級冒険者のプライドをかけた集団戦だった！

「人族の……、なんだっけ？　ピンクトンカツさんはあの調子ではダンジョン探索無理そうですねえ？」

「揚げてはいかんぞ聖者殿」

魔王さんからの的確なツッコミ。

その間もグラシャラさんとピンクトントンさんは互いにラリアットをぶつけ合って互いに吹っ飛ばされ合っていた。

「数的にはちょうどいいんじゃないですかね？　元々参加者の人数がけっこう不均等でしたし」

四天王は四人。

S級冒険者は五人。

そして六魔女は五人と、この分じゃ一番人数の少ない四天王が不利になる。

「しかしピンクトントンさんが抜けてS級冒険者も四人となり、四天王と数の上で互角になりました。六魔女はおめでたで三人になって却《かえ》って少なくなったけど……！」

『数のハンデぐらい押しのけてやるわー!!』とプラティが勇ましい。

いい加減スタートしてくれないと今日中に終わらないのでマキで進めていこう。

城主アードヘッグさんももう新・龍帝城の奥でスタンバってってくれてることだろうし、長く待たせてはいけない。

「では残ったメンバーで突入していただきまーす。サクサク進んでくださいねー」

「そっちでゴタゴタしていたくせに!?」

はーい、抗議は受け付けませーん。

ホラ正門が開いた。

さっさと入れ入れ！　城内に突入しろ！

釈然としない表情の競争参加者たちだったが、それでも自分から望んでいた戦いなので次々と門をくぐり……。

全員が侵入したことを確認したように門はひとりでに閉まった。

「さあ、こうしてなんかグダグダ感とともに始まりました人魔対抗、新・龍帝城攻略競争合戦～ポロリもあるよ～ですが、どのような展開を予想しますか魔王さん？」

「このノリまだ続くのかッ？」

いや別に続けなくてていいですけど。

何か前からの流れって引きずっちゃいますよね。

「まあ、魔王としての立場からでは我が配下たちを応援しなければなるまい。……が、我が陣営にベルフェガミリアがいる時点で勝ったも同じなのではないか？」

「そうですねえ」

現四天王の頂点にいて『地上最強の人類』と讃《たた》えられる怠け魔ベルフェガミリアさん。

その戦闘力は世界二大災厄に匹敵し、今回参加するメンツの中でも頭三千は飛びぬけている。

ラジコンの競争にF1カーで参加するような暴虐ぶり。

これで負けろと言う方が無理だろう。

「しかしベルフェガミリアには怠け癖という大変なネックがあるからな」

「あの人のやる気の変動が完全に勝敗を左右するわけですか……？」

そんな言い方をするとつまんない戦いになりそうだなあ。

「それはそうと聖者殿？」

「何です？」

「参加者たちはダンジョンに入ってしまったが、ここで我々はどうしていたらいいのだ？　参加者たちが出てくるのをただ待つだけか？」

魔王さんいいところに気が付きました。

新・龍帝城の正門前には大きな観客スタンドが組まれ、ありがたいことに満員御礼。

しかし外からダンジョンの中を窺《うかが》い知ることはできない。

このままでは外部の観客は、ただダンジョン内の勝負が終わるのを漫然と待つことしかできない。

まあ、それでも正門前ではグラシャラさんとピンクトントンさんのガチンコデスマッチ六十時間一本勝負が行われているから、そこに熱狂しさえすれば間延びすることなんて絶対ないけれど。

「しかしご安心ください！　観客の皆さんも一緒に勝負を楽しめるよう工夫は既にできています!!」

「おお」

一度侵入者を迎え入れて閉じたからには、もう開く必要のない正門。

その前に、大きな白い板のようなモノが現れる。

半端な大きさじゃない。

テニスコートもかくやと言えるほどに面積の広い四角い板。

「なんだ、あの白い壁は!?」

魔王さんもビックリするほど巨大な壁面。

しかし驚くのはこれからだ！

俺の合図と共に白板はすぐさま色を変えて……。

カラフルになった。

というより映像を映し出した！

「これはッ!?」

「この日の観戦のために、急ピッチで作り上げた魔法映像装置です！　城内の魔法カメラから伝達される映像をリアルタイムで映し出します！」

これを使用することで、城内を参加者たちがどのように右往左往していくかをつぶさに観察可能というわけだ！

どうだい！　このファンタジー異世界においては画期的すぎるシロモノは!?

新・龍帝城の建設中に、俺のアイデアと先生やヴィールの魔法で融合完成したオーバーテクノロジーだ！

驚いてくれたかね!?

観客たちは『おおおおおおッ!?』と期待通りの歓声を上げるが……。

……タイミング的に、グラシャラさんのココナッツクラッシュが決まったことに対する歓声じゃないよね？

「さあ、映し出されているのは城内を走る四天王、S級冒険者、そしてプラティたちの面々だ！」

「スタート直後だけあって、まだ混然としているな」

まさにマラソンのスタート時と同じ感じ。

ここから各自の能力と判断によって、どういった差がつくかわからない。

そして差が現れるタイミングは案外と早く来た。

「分かれ道だ!?」

ダンジョン内を進む彼ら。

その通路は最初こそ真《ま》っ直《す》ぐな一本道であったが、早くも道が分かれて、どっちに進むか勘に頼らなければならない。

「十字路か……!?」

ということは、来た道を除いた三方向が選択肢になるわけだ。

まっすぐ前へ進むか。

右か左か。

そして三つの選択肢は、ちょうどダンジョンに挑戦する三勢力と一致。

まず、S級冒険者チームが右の道に入った。

続いて四天王チームが対抗するかのように左側の道へ。

そして最後にプラティ率いる六魔女チームが真ん中の通路へ入っていった。

こうしてダンジョン内で、綺麗《きれい》に分かれた三チーム。

果たして無事ゴールへとたどり着けるのは、どいつらだ!?

魔王軍四天王の一人『貪』のマモル。

ただ今絶賛勝負の真っ最中!!

いやあ、勝負を申し込んだのはたしかにこっちだけどさ!

魔王軍内の不満を抑えつつ、上手《うま》いこと人族の冒険者に仕事を任せるには、これしかない!

しかし!

しかしですな!

まさかこんな大それた場所で勝負が行われるなんて!?

ダンジョン管理を委託することを巡るトラブルだから、ダンジョン攻略で競う勝負にしよう。

わかる。

勝負が公平になるように、どちらも初めて入るダンジョンで競おう。

わかる。

だから竜の皇帝が支配するダンジョンで勝負することにしました。

これがわからない!

竜の皇帝って!?

どこからそんなツテをもってこられたんだ!?

ただのドラゴンですら人類から見たら意思疎通もできない高次の相手だというのに！

その竜の頂点と、どうやったら話をつけて居城を使わせてもらえるなんて離れ業が可能なの!?

「気にしすぎだよぉマモルくん。世の中にはね、どんな面倒くさいことも即座に片付けてしまう、そんな輩《やから》がいるものだよ」

「ベルフェガミリア様、アナタが!?」

「僕じゃないよ？」

ウソだ!!

ドラゴンと交渉できるなんて、そんな度を過ぎた人がアナタ以外にいてたまるか!?

実際この御方《おかた》が参加しているだけで我がチームは勝ったも同然。

それぐらい凄《すご》い御方なのだから。

「しかし面倒くさいなあ。ねえ、本当に勝負なんかしなきゃいけなかったの？」

「始まった傍《そば》から!?」

さすが面倒くさがりのベルフェガミリア様！

始まった途端、勝負を面倒くさがり始めた!?

「ダメですよ！　この勝負の必要性は先の会議で散々主張されたではありませんか!!」

「主にマモル君が主張したんだよね？」

現状として魔王軍の独力で国内ダンジョンすべてを管理することはできない。

その改善のために冒険者という民間の手に頼る。

しかし魔王軍としては、今まで自分たちの手で担ってきたものを他人に譲らなければならないというのはプライドを傷つけられる。

そこで勝負の形をとり、そこで勝つなり好勝負なりできれば『自分たちだってまだできるんだぞ』『あくまで優れているのはオレたちの方なんだぞ』という主張を充分にできる。

その上から冒険者を参画させればいいのだ。

あくまでアシストとして！

「そうすることで魔王軍も、地上の覇者としての体面を保てる！　方法はこれしかありません！」

「面倒くさいプロセスだよねえ」

ベルフェガミリア様、いつもの口癖の『面倒くさい』も、ここではクリティカルなんでやめて！

「面倒くさがってはいけませんベルフェガミリア様！　人族どもに我ら魔族の精強さを見せつけてやらねば!!」

そう主張するのは私と同じ四天王の一人エーシュマ。

生真面目だが、その分融通の利かない女性だ。

「人族どもなど、改めて立場をわからせてやればいいのです！　『お前らは敗者であり、服従する側なのだ』と。今日の勝負はそのための場！　ヤツらに戦争で負けた時と同様の屈服を再度味あわせましょう!!」

魔王軍には彼女のような主張をする子が何人もいて、そのような気分を慰留するための勝負でもある。

「でもマモルさんが期待しているのは、それだけじゃないんでしょう？」

最後にもう一人、四天王レヴィアーサくんが言う。

物静かだが、的確なものを見る目を持っていて、なかなか侮りがたい女性だ。

「自分たちの実力を見せつけたいのが半面。もう反面は相手の実力も見たい」

「うん、まあそうだな……!?」

本当的確にこっちの意図を見抜くわあ……!?

冒険者とやらが、人族側でダンジョン管理のプロであることは伝え聞いている。

しかし私も魔王軍の責任ある立場として、彼らの仕事ぶりを直《じか》に見たわけじゃないし。

決定を下すためにも、一度キッチリ見ておきたい。

そして、どうせ見るなら私一人ではなく、多くの魔王軍兵士にも見届けてもらった方が理解も深まり、仕事を任せることにも抵抗が鈍るのではないかと……!?

そこまで考えた上で勝負を企画したんだがね？

「気が回りすぎなところが、本当マモルさんらしくてキモい」

「最後の感想で台無しすぎる!?」

しかしそこまで見抜く辺りがレヴィアーサくんの『らしい』ところ。

さすがに『有能』が二つ名なんて言われているだけはある。

面倒くさがりのベルフェガミリア様。

生真面目すぎて軋轢《あつれき》を生むエーシュマ。

有能だが貢献する気のないレヴィアーサくん。

この三人に取り囲まれて仕事する四天王のマモルです!!

そうしたことを話しながらダンジョン内の通路を進んでいくと……。

「お、なんか出てきた」

扉だ。

厳重に閉じられている門扉はまさに『ここから先は別領域だぞ』という主張が窺《うかが》える。

「どうやら、ここから本格的にダンジョンになってくるようですね」

侵入者は容赦なく排除的な……!?

『よくわかっているではないか、見どころのある若僧《わかぞう》よ』

「ぎゃあああああッ!?」

気づいたら!?

気づいたら隣に誰かいたッ!?

死体!?

としか思えない干からびた人間が、しかし動いてるうううッ!?

「ノーライフキングの先生、ご無沙汰しています」

「先生、こんにちは!」

「こんにちはー」

私以外の四天王なんで挨拶してるの!?

全員この不死者と顔見知り!?

私だけ疎外感!?

「こんなところでお会いするとは意外ですね。一体何故《なぜ》ここに?」

『ここから先の区画はワシが設計したのでの』

どういうことですか、このダンジョンは竜の皇帝の居城でしょう!?

それを何故不死王が設計!?

『このダンジョンは急ピッチで作ったので、多くの者の手が入っての。最初は竜どもだけでやっていたが、バラエティに富んだ造りにしたいというのでワシらにも声がかかったのじゃ』

「それで快く引き受けたところが先生っぽいですねえ」

『まあそれで、各自の担当区画の前にそれぞれ立って意気込みや特徴を語っていこうとなっての。こうして待ち受けておった』

マジでこのダンジョン、アトラクションめいてない?

「先生の設計したダンジョンですかあ。さぞや面倒くさい造りになっているんでしょうね?」

『今回はテーマを絞ってみての。勝負の一番の問題と思われるものを解決することを狙ってみた』

なんかけっこうまともなことを言っている、このノーライフキング!?

果たして、彼がダンジョンに込めたテーマとは?

『ズバリ、ベルフェガミリア対策じゃ』

「えー? 僕ー?」

『そうじゃろう、おぬしが競技者に名を連ねる限り何があっても勝つのはおぬしだ。結果が決まりきっていては勝負は面白くない。そこでワシが、その対策を講じたのよ』

真面目な不死者さんだなあ……!?

でも自陣営として勝利確定させてくれるベルフェガミリア様の存在は得難いんですが。

『幸い顔見知りゆえ、おぬしのことはよく知っておる。悪いがおぬしの弱点を徹底的に突いた造りになっておるゆえ恨むでないぞ?』

「えー、僕に弱点ー? そんなのあったかなー?」

こういうことガチで言うベルフェガミリア様。

何やかんや言って強者の威厳はちゃんとある。

『前口上はこれくらいとしておくかの、ではこのノーライフキングの先生が作り上げた対ベルフェガミリア専用ダンジョン、とくとご賞味あれ』

ノーライフキングの先生が脇によけ、我々の目の前に迫る扉。

「ここから先に、先生が拵《こしら》えた罠《わな》が満載に用意されてるってわけだな!!」

「先生に教えを受けた者として受けて立たねば……!」

エーシュマとレヴィアーサくんもやる気たっぷり。

しかし……、この先にはベルフェガミリア様を狙い撃ちにした罠が待ち構えているという。

一体どんなものなのだろう?

そうして開けようとした扉に、こんな言葉が書きつけてあった。

『この部屋の中で「面倒くさい」と言ってはいけない』

＊　＊　＊

「ベルフェガミリア様あああああっ!?」

ベルフェガミリア様が、あっという間に魔法拘束されて連れていかれたあああああっ!?

エリア内でタブーを言ってしまうと、ああいう目に遭うのか!?

「どうして言っちゃうんですか!?　『言っちゃダメ』って書いてあったじゃないですか！　なのに何で言っちゃうんですかあああああっ!?」

「いやあ、『ゴメン』『どう？』『草いいよね』を続けて言うと『面倒くさい』と認識されるとは思わなくてさあ」

「どうしてその三語連続で言った!?」

どういう状況ならその単語たちが連続で出てくる!?

「そんなわけで先生の策にまんまとハマった僕は脱落します。あとはよろしく〜」

「あああああっ!?」

こうしてベルフェガミリア様、タブーを言ってしまったせいで罰則呪詛《じゅそ》を掛けられ、あえなく部屋から叩《たた》き出されてしまった。

我がチームの最初の脱落者だった。

『アビスの魔女』ゾス・サイラじゃ。

不本意ながらも陸人どもの企画したダンジョン攻略競争？　とかいうものに参加しておる。

最初、宰相宛に上がってくる案件の中にこの提案が紛れているのを見つけ出した時、ぶん殴ってやろうかと思ったが結局押し切られて参加することになった。

案外大した権力ないのう人魚宰相。

「これ参加する意義あるのかのう？　陸人どもの間で勝手にやらせておけばいいんではないか？」

「何言ってるの！　これからの時代はグローバルになっていくのよ！　アタシたち人魚族も重要イベントは押さえておかないと時代に取り残されるわ！」

そんな流行に追い立てられているような……!?

そのせいで現在宰相としてクソ忙しいわらわを呼び立てるほどの意義があったとでも？

「何言ってるのよー？　これでもアナタにはそこそこ遠慮もしているのよー？　アレを作るのにも本当ならアナタに意見を聞きたかったのにー」

「アレか……!?」

振り向くとそこには、大きな目を一つだけ持っていて、それ以外は特にない、という感じの生き物がおった。

あんなふざけた造形の生き物が自然のうちに生まれるわけがない。

つまりは……。

「ホムンクルスじゃな、あれ？」

「そうよー。あの子が見たものを念波として送り、離れた別地点で映像化する仕組みなのー。カメラアイと名付けたわ！　あの子が見ているものはリアルタイムで外のスクリーンに映し出されるから、観客もそれを見て楽しめるってわけ！」

「わー、大した仕組みじゃのー」

って言うかあれ作ったのお前か？

ホムンクルスである以上、誰か製作者がいるはずでわらわが作った覚えない以上、他にそんなことできる心当たりは目の前のお姫様しかおらん。

「そうよー、本当は専門のアナタに意見を聞きながら作りたかったんだけど、宰相の仕事で忙しいなあと思って控えていたのよ。この心遣いを察してほしいわね!!」

いやそれ以前に、我が生涯を賭して極めたホムンクルス生産魔法をそんな簡単に真似《まね》されて、わらわのプライド的なものがな？

そういや普段からの奇行で忘れがちになるが、コイツ人魚族きっての天才じゃったわ。

しかもわらわのような一分野限りの天才じゃない、全分野にわたっての。

ムカつくなあ。

「ちなみに、あの子が見ている映像は観客席だけでなく人魚国にも送られているから。人魚族の皆さんもアタシたちの活躍を見守ってるから恥ずかしい戦いはできないわよ」

「なんでそんなことするんじゃ!?」

「人族魔族も外のスタンドで応援しているのに、人魚族だけハブにしたらダメじゃない！　このイベントは三種族全員で楽しむのよ！」

楽しむのは勝手じゃけれど、わらわ宰相の仕事がなあ……!?

あ、いかん。

何よりまず仕事のことを気にしているわらわ、最悪のアウトローっぽくないぞよ？

「それにアタシ自身、この競争で試したいことがあるからね。……実はこのカメラアイホムンクルス、まだまだ不完全で音声を伝える機能はないのよ」

「映像だけってことか？」

「だから今頃、スクリーンの前で旦那様が必死に実況しながら盛り上げてるんだろうけど。それがアタシにとっては好都合でもあるのよね。ある理由から」

「？」

イヒヒ、といかにも魔女らしい笑い声をあげて気持ち悪いヤツじゃな。

何か企《たくら》んでるな。

そんなことを考えつつも進んでいたら、なんか様子の違う区域にたどり着いた。

「なんじゃこのギラギラめいた空間は？」

床一面、黒いものが生えてひしめいておるではないか？

何これ？

水晶？

「黒水晶か？」

「おほほほほほ！　よくぞ私が担当するエリアにやってきたわね」

なんか一段高いところで高らかなアホ笑いをこだませるヤツがおった。

なんか黒一色のドレスをまとった大仰な女じゃ。

「ここは新・龍帝城における、この皇帝竜の妃《きさき》ヴィーンドラゴンのブラッディマリーが設営担当したエリア。私の竜魔力によって無限に湧き出る黒水晶のガーディアンと戦うがいいわ！」

そうあの黒女が言った途端、地面に生えた無数の黒水晶がボコッと立ち上がる。

そして人型に変形しおる!?

「どうやらマリーの竜魔法で作り出された魔法生命体みたいね。鉱物と生物の中間？　みたいな？」

「わらわのホムンクルスのようなものか？」

「どっちかというとオートマトンじゃない？　でも、あっちの方が遥《はる》かに高次元っぽい？」

くっそ。

だからドラゴンやノーライフキングどもはこっちの限界をあっさり突破していきおって！

この世の真理はすべてアイツらのものとでも言うつもりか!?

わらわも将来ノーライフキングになったろうかのう!?

「とにかくアレは侵入者を排除するための衛兵みたいなもので、このまま何もしなければアタシたちは担ぎ上げられ外にポイってわけね」

「くッ！　わらわもホムンクルスを出して応戦を……!?」

「やめときなさい。一体一体の戦闘能力は向こうが上よ。戦いにならないわ」

「うがあああ……!?」

傷つくことさらっと言ってくるなあ、お前は!?

じゃあどうするんじゃ!?　ドラゴン相手じゃお前の魔法薬だってろくに通じんじゃろう!?

「言ったでしょう、試したいことがあるって」

プラティのアホは不敵に笑いよる。

「ドラゴンが魔法で作り出した強兵たち。実験には充分な相手だわ。私が新しく修得したスキルの試し撃ちとしてね！」

だからなんでそんな自信満々なんじゃ？

どんな新魔法を修得したか知らんけど、何にしろドラゴンに対しては屁《へ》のつっぱりにもならんじゃろうに。

「いいからよく見てなさい……！」

そう言ってプラティのアホが口ずさんだのは……。

……歌？

何をこんな修羅場でのんきに歌など……!?

いや待て、歌？

歌ってまさか!?

「Hier sitz' ich, forme Menschen Nach meinem Bilde,……」

まさかと思った想像通り、黒水晶でできた魔動衛兵の表面に見る見るヒビが入り、そして砕け散っていく!?

プラティの『歌』による効果か!?

でもこれは……、圧倒的に心当たりがあるんじゃが!?

「これ聖唱魔法ではないか!? シーラ姉さまの聖唱魔法ではないか!? 何故《なぜ》お前が使えるんじゃ!?」

「練習したからよ!」

練習したからって、できてたまるかなシロモノなんじゃけれども!?

「よく考えなさい! アタシはママの娘、しかも長女なのよ! そのアタシならママの才能を受け継いでいたとしても全然問題ナッシング!」

「受け継いでいることが問題じゃないか、この場合!?」

「ママにできることならアタシにもできる! そう思ってママに頼んで教えてもらった聖唱魔法! めっちゃ苦労したわ! 六歳の時以来の最高の駄々こねをつかったわ!」

学ぶことよりも教えてもらうことの方に困難を味わったんかい!?

ああ……、でもありそうじゃなあ……!?

シーラ姉さま、基本的に自分の子どもには誰にでも甘いんじゃあああ……!?

だからって世界最高の禁忌である聖唱魔法を娘に教えるかのう？

娘も娘でしっかり修得しとるかのう!?

のうッッ!?

「そりゃー、まだまだママほど使いこなせてはいないけど使い魔程度ならまったく遅れはとらないわ！　食らえ聖唱魔法『凱歌《がいか》』！」

わあああ……!?

黒水晶の魔動衛兵たちが、ソプラノ歌手に叫ばれたワイングラスのようにパリンパリン割れていきおる。

まあ、聖唱魔法ならあれくらいできて当然じゃな。

聖唱魔法はしっかり使いこなせばドラゴンもノーライフキングも瞬殺できる類のもんじゃからな。

これが天才の所業かあああ……!?

「ラララ〜♪　いいわ！　まったく負ける気がしないわ！　このまま世界最強に君臨してもいい気がしてきたわ！……ッ？　ぐぽッ!?」

どうした!?

プラティのヤツが、急に口を押さえてうずくまりおった!?

まさか聖唱魔法の副作用か!?

言わんこっちゃない禁呪にされるにはそれなりの理由があるんじゃからの!?

「しっかりするんじゃ！　おい誰か医者は!?　医者はおらんのかえええええッ!?」

「いえ、待って……？　この感覚、覚えがあるわ……！　これはもしや……!?」

プラティ、吐き気に耐えるような重苦しい表情で言う。

「……つわり？」

「は？」

「まさか二人目がこのお腹《なか》に……!?」

お前もかい!?

パッファ、ランプアイと続いてお前もかい!?　しかも二人目かい!?

何じゃこの出産ラッシュは!?

おめでたいのか!?

『妊娠ですってえええええ』

ひいッ!?

この区域を守る竜が、ドラゴンの姿に戻ってバッサバッサと寄ってきた。

『ニンゲンたちの妊娠って大変なんでしょう!?　こないだ助けた村の娘たちから聞いたわ！』

「あー、多分妊娠二ヶ月か三ヶ月だろうから、慎重な時期ねー」

さすが二回目じゃな、判明した直後も冷静じゃ。

『ダメじゃないそんな時期にダンジョン探索したら！　中止よ！　アナタはドクターストップで退場よ！　この区域を守る私の判断でそうします、いいわね!?』

「うう……、仕方ない。何よりお腹の子優先よね……!?」

プラティはあの竜が、場外へと運び出すようじゃ。

めっちゃ手つきが慎重で、壊れ物を扱うかのようじゃ。

「ゴメンねー、アタシから言い出したのに最初にリタイヤなんて……！」

いや、あわよくばわらわも一緒に退場したいぐらいなんじゃがのう？

「あとは二人で頑張って、魔族や人族なんかに絶対負けちゃダメよ！」

とハッパかけてプラティのアホは去っていきおった。

……。

二人？

そういえばわらわの他にもう一人おったっけ？

誰じゃ？

……プラティが去って行きおったのう。

二人目妊娠。おめでたいことじゃ。

しっかしまあ、すべてを押し付けられたわらわこと『アビスの魔女』ゾス・サイラとしては釈然としない気持ちが強いわ。

わらわまだダンジョン攻略しないといかんのかえ？

その意義サッパリ感じないいんじゃけども？

しかも一人だけではなく……。

このよく知らん女と一緒に？

「えーと……？　ガラ・ルファ、さん？　だったかの？」

アウトローわらわ、遺憾ながらも慣れない『さん』付け。

だって面識なくて得体が知れんし……!?

同じ六魔女とは言え、わらわコイツのこと何も知らんのじゃよなー。

そもそも六魔女自体、人魚界トップクラスに恐ろしい魔法薬使いを集めてみたってだけの集団じゃし、最初は皆赤の他人、六魔女に並び称されたことで知り合いになったって流れなぐらいじゃ。

それでもわらわはパッファやらシーラ姉さまやら魔女選定以前に知り合いなヤツも多いが……。

少なくともこのガラ・ルファとは面識がない。今日初めて言葉を交わしたぐらいじゃ。

「はい、そうです！　お話しできて光栄ですー！」

「おッ、おう、そうじゃの？」

話してみるとそこまで厄介そうではないかの？

見た目の佇《たたず》まいだってパッファかプラティ辺りの方が数段怖そうじゃし。むしろこの女からは覇気を感じん。服装も特に傾《かぶ》いたところもなく一般人のようじゃ。

「まあ、……普通かの？」

「そうなんです!!」

ガバリと手を摑《つか》まれた。

「私なんて本当に、ただの普通の人魚なんですよ！　率直に普通です！　プラティ王女とか、あんな凄《すご》い人たちに交ざって魔女とか呼ばれるのなんておこがましいんです！　普通！」

「あ!?……ああ、そうじゃの？」

普通推しがエグいな？

「私のことを普通に評価してくれたのなんてゾス・サイラさんが久々です！　嬉《うれ》しいです！　これから仲良くしてくださいね!!」

「お、おう……!?」

なんじゃろうな、この娘？

なんでこのように人懐っこさげな娘が六魔女に入っとるんじゃろう？

ガラ・ルファ。

こやつの魔女としての称号は『疫病の魔女』だったか。

しかし実際に会ってみてそんな恐ろし気なイメージはまったく感じられんがの？

世人はコイツの何を恐れて六魔女に入れたのやら？

「あッ？」

いかん。

敵地であったのに話し込んでしまったわ。

プラティに破壊された黒水晶のバケモノどもが、もう復活しているではないか。

「復活というより新手が投入された感じか？」

わらわもアホじゃわ。

手薄なうちに駆け抜けてしまえばよかったものを、話し込んでチャンスを逸するとは。

「まあよい、プラティが脱落したところで戦力的に何の損失もないことを見せてくれるわ」

わらわの魔法もまた誰もが恐れる、最悪の禁呪であることを思い知らせてやろうぞ！

「いでよディープ・ワン!!」

投げ放つ試験管。

それが地面に落ちて割れ、中身の魔法薬がこぼれ出る。

空気に触れることで反応を起こした魔法薬は泡立ち、その泡は次第に増えて大きくなり、ついには人間大のサイズに。

たしかな実体を持ち、恐ろしい外見で爪や牙を持つ！

「これこそわらわ特製の戦闘用ホムンクルス、ディープ・ワンじゃ！　行け我が下僕よ！　眼前の敵を食らい尽くせ！」

次々試験管を投げつけ、配下のディープ・ワンを増やす。

プラティのアホは散々バカにしよったが、わらわが専攻するホムンクルス製造魔法とて余人の恐れる禁忌の魔法。

自然の理《ことわり》に逆らった方法で生命を生み出し、使役する魔法は、神をも恐れぬ傲慢さなくば使いこなすことはできん。

まさしく異端なのじゃ！

「ゾス・サイラさんの魔法って、親近感湧きますねー」

と背後から言ってきたのは例のガラ・ルファじゃ。

え？　親近感？

あんまり言われたことないのう？

「同じ特性なんですよね。私の細菌魔法と、ホムンクルスちゃんを生み出す魔法って。魔法薬で生命をデザインするという点で同じじゃないですかー」

「え？　サイキン？」

何じゃそれ？

……うわッ!?　気をとられている間にわらわのディープ・ワンが劣勢じゃ!?　次々と斬り裂かれ

て撃破されていく!?

やはり一体一体の戦闘能力では向こうが上か……!?　悔しいことにプラティの言った通りではないか!?

「だから私とゾス・サイラさんの魔法って相性がいいと思うんですよ。じゃーん！　これなんだと思います!?」

知るかあ!?　こっちは襲い来る敵への対処で忙しいんじゃ！

次々新たなディープ・ワンを投入し続けないと防衛線を維持できん！

かといってディープ・ワン発生魔法薬も無限にあるわけじゃないから、このままじゃジリ貧じゃ!?

「この薬品に保存された魔法細菌は、生物の傷口にとりついて再生する能力を持ってるんですよ！

先生と博士が回復魔法の開発に取り組んでるのを見て触発されちゃいました！」

「だから一体何の話……!?」

「敵からの攻撃で傷つき、倒れる寸前のディープ・ワンちゃんに、この細菌入り魔法薬を振りかけるとあら不思議ー」

な、なにをするんじゃー?

……あッ!?　ガラ・ルファの魔法薬を掛けられたディープ・ワンが!?

敵にあちこち斬り刻まれ息も絶え絶えだったのが……再生していく!?

致命傷と思われた傷があっという間に全快した!?

「凄いではないか！　あんなに傷が見る見ると!?　アレがお前のオリジナル魔法なのか!?」

「魔法ではありません、細菌の力です。私は魔法でちょちょいと、細菌さんの能力を引き出しただけです」

なんだかよくわからないが、これで逆転の目が見えてきたぞ！

再生能力が加わり、タフさが格段に増したディープ・ワンが少しずつ敵を押し返しておる！

気弱に見えたガラ・ルファもやはり魔女の一角じゃったな。

このような高次の魔法が使えるとは。

どんな外傷もたちどころに再生してしまう魔法薬など一般化したら、まこと革命的なことに。

……ん？

「なんじゃ……!?」

再生し続けるディープ・ワンがなんかおかしいぞい？

受けた傷が完治しながらも、完治してなお再生を続け……!?

「体が大きくなっておる!?」

「あれー？　おかしいなー？」

傷がないというのに再生能力が落ち着かず、無限に再生を続けて身体《からだ》が肥大化しておる!?

「そっかー、どういう状態が完治の状態か、細菌さんが認識できてないんですねー」

「なんじゃ、どういうことじゃ!?」

「だから細菌さんは自分の機能の赴くままに宿主を再生させ続け、完治しても再生させ続け、無限再生状態に陥ってるんですねー」

「どういうことじゃー!?」

もはや肥大し続けるディープ・ワンは、元の三倍以上の大きさになって、ついにはその巨体で敵を飲み込み始めた!?

黒水晶のガーディアンたちは必死に抵抗するが、そもそも斬っても再生するようになってるから止められん!?

もはや肉の波のようになってしまったディープ・ワンに飲み込まれてしまった!?

「再生にはエネルギーがいりますからねー。ああして外部から取り込んでるんですよー」

「なんでそんなに冷静なんじゃ!?」

何じゃコイツ!?

こんな素人目に見てもヤベー事態が進行中だというのに、なんでそんな落ち着き払って見続けられるんじゃ!?

いやこれ玄人目に見てももっとヤバいじゃろ!? 制御を失った生体活動が、本能の赴くまま無限に拡大し続けるんじゃろう!?

再生するから物理的に止めることは不可能。唯一可能性があるとすれば再生エネルギーを放出し続けた末路による枯死《こし》なんじゃが、他生命体を飲み込んで補充できるなら困難と言わざるを得ん。

これこのまま世界中がアレに飲み込まれるまで終わらんのじゃないか!?

『ただいまー、いやー妊婦を運ぶのって神経使って疲れたわー。……ってうお!? 何これ!?』

よかったドラゴンじゃ！　ドラゴンが帰ってきた！

おぬしのブレスで、あの肉アメーバを焼き尽くしておくれ！

ドラゴンの火力ならまだ完全消滅させることができる。これからさらに養分を摂取して巨大化したら手遅れになる！

『私が手掛けたフロアがこんなに汚く！　何してくれてんのよ！　えーい!!』

ドラゴンの吐いた炎で、さしもの肉アメーバも再生が追い付かず、残らず消し炭になった。

危なかった……、何気に世界の危機じゃったよ。

「残念だなあ、もう少し大きな規模で細菌さんがどう振舞うのか観察したかったのにー」

「えッ!?」

「まあでも、これはこれでいいデータが取れましたねー。これを元にさらなる細菌さんの進化を促しましょー！」

それを聞いて、わらわ戦慄した。

コイツ、ここまでのことになってヤバかったということに気づいておらぬのか？

本当にヤバいヤツは、自分がヤバいということに気づいていない。

……という言葉をどこかで耳にした気がするが、コイツがまさにそういうヤツなんではないか？

コイツに比べたら、まだ止めるべき境界線を知っておるわらわは普通なんではないか？

禁忌だ異端だと粋がってきたわらわじゃが、本物のマッドの前では実にフツーではないのか？

ガラ・ルファを見ていると、急速にそう思えてきたんじゃ。

S級冒険者のシルバーウルフだ。

ここが龍帝城！

竜の皇帝が支配する極レアダンジョン！

こうした珍しいダンジョンに入れるのは冒険者にとって至上の喜び！

ここに入れた時点で満足して、勝負とかどうでもいいってなるわ！

……いやダメ？

そうだな。

この勝負の結果如何《いかん》で、冒険者の魔国進出が左右されるんだ。

ここからもっと多くの未見ダンジョンへ入れるか、我々の頑張りにかかっている。

普段からS級冒険者とチヤホヤされている我々だ。その肩書きに相応《ふさわ》しい働きをしよう！

……と奮っていた矢先。

「うわー!?　カトウくんが脱落したーッ!?」

早速一人ダンジョンの罠《わな》にかかって餌食になった。

今まで見たこともないような特殊な罠だ。

我々S級冒険者は、皆それぞれ常人を超える鋭敏な感覚を持っていて、それを元に罠を察知し、乗り越える。

しかし今回の罠は一味違った。

まず聞こえてきたのは音だ。

これはS級冒険者でもっとも鋭敏な聴覚を持つゴールデンバットが真っ先に気づいた。

私やブラックキャットも聴覚は鋭い方だから、すぐに音がおかしいことに気づいた。

音は持続して鳴り続け、しかも抑揚があって弾みもあり……、音楽？

これは音楽か？

と思った瞬間もう遅かった。

我々は術中にハマっていた。まず落ちたのは異世界人のカトウくんだった。

「かッ、カトウくん!?」

彼は、その音楽が奏でる軽快なリズムに乗って踊りだした。

しかも独特な振り付けで。

リズムに合わせて両手を肩ごと、小刻みに上げ下げしている!?

「どうしたんだカトウくん!?　何だその動きは!?」

異常に慌てる私たちだが、カトウくんは口では答えず親指を立ててジェスチャーする。

なんで身振り手振りなんだ!?　喋《しゃべ》っちゃいけない決まりでもあるのか!?

くっそ、しかし音楽は軽快だし、カトウくんの踊りも楽しそうでつい真似《まね》したくなってしまう!?

「ニャカニャカ♪ニャンニャカニャンニャカ♪ニャンニャーカ♪ニャカニャカ♪ニャンニャカ……

♪」

ブラックキャットが音楽に乗った!?

常からノリのいいヤツだから!?

「くッ!? 気をつけろ! これは恐らく音楽自体が私たちを陥れる罠だ!!」

音楽のリズムに私たちを巻き込み、集中を乱す。

こんな罠、今まで遭遇したこともない! さすが竜王のダンジョンというべきか!?

動揺しているうちに、次の異変が起こった。

剣が置いてあった。

ダンジョンのど真ん中に細身のサーベル? あからさまに怪しいが……!?

しかしリズムに乗りまくっているカトウくん。警戒もせず無造作に剣を拾ってしまう。

「バカそんな警戒せず……ッ!」

ダンジョンで無警戒にものを拾うなんて死と同義なのに……!?

しかし意外にも何もなかった。

カトウくん、剣を拾ったあとも肩を上下させる独特の振り付けでリズムをとる。

そこへ……、あああーっと! ついに本格的な罠が!

カトウくん目掛けて何かが飛んできた!? 何だあれは!? 致死性の投擲《とうてき》凶器か!?

しかしカトウくん、それらを器用に受け止める。それも拾ったばかりのサーベルで!

飛んできたものの正体は、木か何かでできた輪っかだった。その輪っかの真ん中の穴にサーベルを通して、見事受け止める。

これは凄《すご》い！

「凄いにゃーん！　芸達者にゃーん！」

パチパチパチパチパチパチパチパチパチ！

思わず拍手してしまった!?

その拍手に応えるようにカトウくんは一礼し、また飛んでくる輪っかをサーベルに通す。

今度は連続だ。

上手《うま》くできるか!?

「……っていつまで続くんだこれは!?」

いまだダンジョン内には軽快な音楽が流れている。

実にリズミカルで楽しげな空間だが、いつまでもこうしているわけにはいかない。

私たちはダンジョンの奥へと進まねばならないのに!?

「カトウくん!?　遊びはいい加減終わりにして先に進もう！　他チームに後れを取ってしまう！」

しかしダメだ！

カトウくんは完全にあの軽快な音楽の虜《とりこ》になってしまい、我々の呼びかけなど届かない！

リズムに乗って、今度は吹き矢で風船を割り出した。

『ふっふっふ、無駄にゃ。お前たちはニャーの罠から逃れられないにゃ』

「煩《うるさ》いぞブラックキャット！　今大変なんだから黙ってろ！」

『違うにゃー』

「え!?」

よく聞いたら、口調こそ似通っているけれどブラックキャットではない!?

よく見たら、ダンジョンの一段高くなっているところに猫がいた。

ブラックキャットのような猫の獣人じゃない。猫そのものだ!

何故《なぜ》ダンジョンに猫が!?

『ニャーこそはノーライフキングの中でも最強クラス「三賢一愚」の一角、博士にゃ！　このS級冒険者対策ダンジョンの設計施工を担当させていただきましたにゃ！』

猫がノーライフキング!?

どういうことだ!?

しかも私たち対策用ダンジョンだって!?

一度に浴びせかけられる情報量が多すぎる!?

「こりゃにゃーん!!　キャラ被《かぶ》りにゃ！　猫キャラは私のポジション！　パクリ撲滅にゃ!!」

そして猫獣人のブラックキャットが、突如とした猫そのものの乱入で憤る。

アイデンティティの危機だ。

『うっせーにゃ猫ハーフごときが！　こちとらお前の生まれる数千年前から猫やってるにゃ！

キャリアが違うんにゃー!!』

猫と猫が争っている……!?

『フシャー！』と息巻きながら。ケンカ中の猫ってマジ怖い。

「それであの……、我々Ｓ級冒険者専用の対策ダンジョンというのは……？」

『よくぞ聞いてくれましたにゃ！』

猫博士？　ブラックキャットの頭の上に飛び乗る。

猫の上に猫が……？

『貴様ら獣人どもが、獣の超感覚でダンジョン攻略することは調べがついていたにゃ！　ニャーは、それを逆手にとって「感覚で相手を惑わす」罠をふんだんに用意したにゃー!!』

「逆手に……!?　感覚で惑わす……!?」

あの軽快な音楽で踊り狂っているカトウくんのように……!?

『視覚、聴覚、嗅覚……、高性能すぎる感覚は時に余計なノイズを拾い、重大な齟齬《そご》をもたらすにゃ。それをトラップとして利用する。数千年を生きるノーライフキングが発案するに相応しい画期的なアイデアではないかにゃー!?』

「にゃーん!!」

ブラックキャットお前まで一緒に誇ってどうする!?

猫同士連帯感が生まれている!?

『既に聴覚を利用した罠で一人落としたにゃ！　しかしこのエリアには、他にも感覚で侵入者を陥れる罠がたくさん用意してあるにゃ！　次の標的は貴様にゃ！』

「わ、私!?」

『シルバーウルフくんは、ワンコの獣人として嗅覚に優れているらしいにゃー？　そんな貴様のために、これを用意しましたにゃ！』

「そ、それはー!?」

見覚えのある、ギザギザした果実。

「ドリアンか!?」

『お久しぶりですシルバーウルフさん』

いつだったか押し付けられた滅茶苦茶《めちゃくちゃ》臭い果物！

あれを近くに置かれるだけで死ぬかと思った！　その後十日ほど鼻が死んで冒険者活動を休止する羽目になったんだぞ！

「冗談じゃない！　またあれの臭いを嗅がされたら今度こそ冒険者生命終了だあああ――ッ!?」

『そんなつれない。共にオークボ城を踏破した仲ではありませんか』

ぎゃあああああッ!?　寄ってくるなあああッ!?

こんな最悪の罠を用意してあるなんて竜王の城恐ろしすぎる。

『にゃっはっは、効果覿面《こうかてきめん》にゃー。やはりニャーは天才にゃね』

「シルバーウルフちゃんがあんなにビビるなんて、どんな臭いするにゃーん？　興味あるにゃーん！」

『あ、バカみずから嗅ぎに行くにゃ!?　ニャーは貴様の頭に乗ってるから必然的にニャーも嗅ぎに行くことになるにゃー!?』

好奇心猫を殺す。

みずから嗅ぎに行ったブラックキャット、博士と共にドリアンのトゲトゲ果実に鼻を埋《うず》め、次の瞬間には……。

猫二匹の口が半開きになった。

「今がチャンス!!」

フレーメン反応の隙を突いてダッシュ!

このエリアを一気に駆け抜ける。

このフロアでカトウくんとブラックキャットを犠牲にすることでなんとか通過できた。

恐るべし竜王のダンジョン。

他のダンジョンとは一味も二味も違う!!

はい。

魔王軍四天王の一人マモルです。

またの名を『影からマモル』。

我がチーム最高戦力ベルフェガミリア様が早々にリタイアし、大ピンチに。

あの方の超絶能力なしに一番偉い竜が住むというこのダンジョンを攻略できるのか!?

「情けないですよマモル殿!」

というのは四天王の一人『妄』のエーシュマ。

「ベルフェガミリア様一人に頼ってばかりでは、それこそ四天王の名折れ! あの方がおらずとも四天王は最強無比であることを知らしめるチャンスと捉えましょう!」

純粋だなあこの子!

そしてこの純粋さがトラブルの元にもなる!

「まずは並みいる敵をなぎ倒して進みましょう! 獄炎霊破斬!」

ちょっと飛ばしすぎじゃないですかね!?

大技連発して最後までもつの? 途中でバテたりしない?

「死んだー」

「それ見たことか!!」

即座に魔力切れを起こしてスタミナ切れした。

無計画に魔法を使いすぎるから!

「仕方ありません……、ここは皇帝竜のダンジョンだけあって出没するモンスターも凶悪。難易度は間違いなく星五つでしょう……」

「レヴィアーサくん!?」

「むしろ全力を出さねば先に進めない。エーシュマの好判断と言えます……」

たしかに、エーシュマが全力ぶっ放してきたからこそ我々は消耗せずに進むことができたのかも。

お陰でノーライフキングの先生が担当するエリアは無事越えることができた。

『面倒くさい』さえ言わなければ本当にただモンスターがクソ強いだけの何の変哲もないダンジョンだった。

「あのエリアを抜けられたのも、すべてはエーシュマのおかげです。しかしそのために彼女は全魔法力を出し切ってしまった。もう先には進めないでしょう……」

「そうだな」

「しかし功労者である彼女を置き去りにはできません。私は彼女を連れて脱出しようと思います。

彼女のことは任せてください」

「そうか」

「あとのことはマモルさんにお願いします。魔王軍の誇りに懸けて、必ず踏破してくださいね」

「わかった」

レヴィアーサくんさあ……。

エーシュマの看護にかこつけて早引きしやがった!?

くっそ!

途中から魂胆に気づいてはいたが、疲労人をいたわるという理論武装を盾にされては突っ込みもできなかった!!

ああいう形で有能さを発揮しやがって!

どうせ有能さを示すんなら、組織に貢献する形でしてほしいんだが!

……しかし、ああこれで……。

四天王チーム私一人になってしまった!?

たった一人!?　一人でこの先に行けるの!?

非常に不安だがしかし、私の働きに魔王軍の行く末がかかっていることだし、先代ラヴィリアン様のやらかしを帳消しにするためにも、たった一人になったって何としてでも竜王ダンジョンを踏破しなければ!!

＊　＊　＊

S級冒険者のシルバーウルフだ。

ノーライフキングの博士が統括するエリアで、仲間を二人も失ってしまった。

いや死んでないけれど。

どうせ今も軽快なリズムに乗って踊ったり、激臭にフレーメン反応起こして遊び倒していることだろう。

そして、生き残ったのは二人。

私と、そしてS級冒険者のゴールデンバットであった。

「情けない連中だな」

ゴールデンバットは、今現在S級冒険者の中でも最高の腕前を持つと言われている。

コウモリの獣人としての鋭敏な聴覚だけでなく、すべての能力が他を圧倒しているからだ。

戦闘能力、踏破能力、知力、しぶとさ、どれをとっても他の追随を許さない。

ヤツと同じS級冒険者の肩書きを持つ私ですら、コイツと並べられることで何度劣等感を味わったか……。

「まさかここに来るまでで五人から二人に減ってしまうとは。あのような連中がS級などと、ギルドの基準は緩くなったのではないか？　なあシルバーウルフ？」

「何故《なぜ》私に聞く？」

「お前はギルドと仲がいいからな。どうせ新しいS級を選出する時にも意見を求められているのだろう？」

逆にお前はギルドと完全に没交渉だよな!?

S級たる者、冒険者たちの頂点に立つからには業界全体に貢献しなければならない。

後進を育て、ギルドとも連携して冒険者という職種そのものを守らなければ。

という意義もS級冒険者にはあるんだが、お前がその辺まったく放棄するためにしわ寄せが全部こっちに来るんだけど？


「オレはオレのために冒険者となったのだ。他人のことなど知るか。むしろ他人に奉仕するために優れた者の才能が浪費される。それこそ冒険者業界全体への害ではないか？　どうだ？」

「どうだと言われても……!?」

「お前だからこそ言っているのだ。星の数ほどいる冒険者だが、このオレに迫るほど優秀な冒険者はシルバーウルフ。お前だけだ」

「はー？」

「他のS級など所詮名ばかりにすぎん。このダンジョンでオレとお前以外脱落してしまったのがいい証拠だ。お前もオレを見習って自分のために冒険するんだな。それが本当に優れた冒険者のあるべき姿だ」


一度も勝てない相手から言われても、あんま心が動かんのだけれどなあ。

私がS級にまでなれたのは、自分の才能だけではなく多くの人の援《たす》けがあったからなのは事実だ。

だからこそ恩返しのためにも今度は自分ができる限り援ける側に回りたい。

……って言うとまた『群れを作る犬の根性』とか揶揄《やゆ》されるので言わないけど。

とにかく私のように他人に頼って強くなれた者には、一人で何でもできるゴールデンバットのようなヤツは超苦手なのだ。

そんなのと二人きりで進む……！

胃が苦しい……!?

＊　＊　＊

『アビスの魔女』ゾス・サイラじゃ。

なーんか虚《むな》しくなってきたのう。

わらわのう、魔女とか呼ばれてそれなりに傾《かぶ》いていたつもりだったんじゃ。

『禁忌を侵す者』『異端の魔法薬使い』とか言われての。

わらわ自身、そう言われて悪い気はしなくてのう。

周囲からの印象に合わせてワルな自分を演じとったのかもしれんわ。

というのを、あのガラ・ルファを見て思い知ったわ。

マジもんのヤベーヤツってああいうのを言うんじゃな。

当のガラ・ルファはどうしたかって?

さすがに自分の敷地内で世界滅亡生物を拵《こしら》えられたのにキレたのか、ドラゴンによって没収されていきおったわ。

――『何やってるのよアンタ！　さすがに失格です！　ルール違反です！』

って言ってボッシュートしていきおった。

連れていかれざまガラ・ルファは……。

――『違うんです！　ちゃんと止める手段があったんです！　だから落ち着いていたんですよおおおッ!?』

と弁明していきおったがな。

――『私はマッドじゃありません！　そう仮にマッドだったとしても、マッドという名の淑女ですよおおおおッ!!』

とも言っておった。

わけわからん。

しかしまあ、本物を目の前にしたらフェイクなんぞ一挙に霞《かす》んで散り去ってしまうもんじゃなあ、とも思った。

思えばわらわ、若い頃はシーラ姉さまに振り回されて過ごし、農場の連中に出会ってからはプラティのヤツに振り回されて過ごし、愛弟子《まなでし》のパッファが人魚王妃になってからはアイツに振り回されて宰相なんぞに就任して……。

振り回されてばかりの人生じゃあるまいか!?

こんなヤツがよくまあ禁忌だの異端だのと粋がっておれたもんじゃ。

ふッ……。

わらわって自分では気づかないだけで、ただ単に面倒見のいい女だったんじゃな。

世界を引っくり返す研究より、宰相でもして世界に貢献した方がお似合いじゃわ。

さーって、どうするかのう？

気づいたらダンジョンに潜る人魚組はわらわ一人になってしまったし。

単独でこれ以上の攻略はさすがに無理じゃろう。

所詮凡人じゃからなわらわ。

あー、かといって人魚宰相の肩書きを貰《もら》っておる以上、無様な終わり方はできんしのう……。

ギブアップとかもっての外《ほか》じゃし、どうしたら……。

「ま、とりあえず進んでみるかのう」

体育座りをやめて立ち上がり、進むのじゃわらわ。

ガラ・ルファのゴタゴタで、あの黒竜が守るエリアもなし崩し的に突破できたし。

まあ、行けるとこまで行ってみるかの。

＊　＊　＊

「あ」

「あ」

「あ」

そして集った、選ばれし者たち。

えー、一同を代表して……。

S級冒険者のシルバーウルフだ。

竜の皇帝ガイザードラゴンが支配するダンジョンを攻略中。

しかも別陣営と事実上の攻略競争下にある中、その競争相手とダンジョン内でかち合ってしまったようだ。

魔族チームと……、人魚族チームであったか。

まさか一堂に会することになろうとは!?

しかし異変と言えば異変めいたことには……。

遭遇した別チームは各自一人ずつしかいなかった。

「仲間たちはどうした？」

たしか同時にダンジョンに入った時にはそれぞれ三、四人はいたよな？

それが一人ずつしか残っていないということは……！

「脱落したか」

「煩《うるさ》いのう！　お前らだって随分減っておるではないか!?」

どうやら図星を突いてしまったらしい。

この随分怖そうな外見の人魚、これぐらいの猛者でないと生き残ることはできなかったんだな。

やはりどのルートで進んでも竜のダンジョンは恐ろしく困難らしい。

「フン、結局のところ素人が舐《な》めてかかればこういう結果になるのだ。ダンジョンを甘く見たな」

と上から目線全開で語りかけてくるのは我がチームのゴールデンバットだ。

おい、やめろ。

「ダンジョンは、危険とロマンが溢《あふ》れた聖域。それに全力を懸けて挑むのは冒険者にのみ許された聖業だ。なにしろ冒険者はプロだからな。アマチュアは分際《わきま》を弁えてすっこんでいるべきなのに、遊び半分でいるから怪我《けが》をする！」

「なんだとー!?」

ホラ挑発的な言い方をするから相手もケンカ腰になる!?

「我ら魔王軍がアマチュアで遊び半分だと!? 魔国の守護を担い、人間国を討ち滅ぼして今や地上最強の軍となった魔王軍を、冒険者風情が貶《けな》すか!?」

「ダンジョンにはダンジョンの流儀がある。地上の概念をそのまま持ち込むから魔王軍はダメなのだ。無駄な足掻《あが》きなどせずに魔国すべてのダンジョンを最初から、我ら冒険者にゆだねればいい」

「何だと貴様!?」

やめて！

こんなところで言い争いしないで！

ヤバくなりそうなこの状況で止められるのは私以外いなかった。

「どちらの主張が正しいかを決めるのがこの勝負だろう！　ならば勝負の途中で言い争いなどせず、勝負に集中すべきではないか!?」

「そうだな」

あれッ？

魔王軍の人、意外なほど素直に引いてくれた？

どういう心境なのだろう？

自分の所属する集団のメンツのために噛《か》みつかざるを得なかったが、大事にもしたくないので制止されるのを待っていたというか？

だとしたら、この魔族にも相当な苦労性が感じられる……！

「我ら魔王軍の強さは、勝負の中でしっかりと示す。この魔王軍四天王の一人『貪』のマモルが!!」

「威勢がいいのはまるでF級の半人前のようだな。自信と実力が均衡していない」

こらぁ！

ゴールデンバットくんいちいち挑発するな!?

「すみません！　アイツはああいうヤツなんです！　犬が吠《ほ》えてると思って聞き流してください!!」

「犬はキミなのでは？」

「何だとぉ!?」

このシルバーウルフに対して言ってはならんことを言ったなあ!?

ぶっ殺すぞ貴様ぁ!?

「す、すまんあまりにツッコミどころだったものでつい……! いや、冒険者の中ではキミの方があっちのマント男より遥《はる》かに話せるのはたしかだな。失礼した」

マント男とは、ゴールデンバットのことだね?

そしてこの魔族、やはり話のわかるタイプと見ていいな。

無駄に争う気もないが、自陣の気分も考えて表向きだけでも対立のポーズをとっておかねば……、という気分が窺《うかが》える。

色んなところに気が回りすぎて余計な苦労をするタイプと見た。

凄《すご》く親近感を感じるぞ!

「とにかく、ここで互いにいがみ合ってても何も進まんのはたしかじゃ」

怖い外見の人魚が言う。

しかし怖いのは外見だけで、実は話してわかるタイプではないか?

「どっちにしろこのダンジョンをクリアするかリタイアするかでしか状況を脱することはできんのじゃ。ならば全員それに集中した方が有益じゃろ。わらわも一刻も早くここから抜け出したいわ」

「そうだな……!?」

どうやら、ここまで生き残った者たちだけに、彼らは相当な分別があって話が通じる相手だ。

そこで私は妙案を思いついた。

「どうだろう？　ここからはここにいる全員で協力して進まないか？」

「何ッ!?」

「何じゃと!?」

驚いている。

「本来ダンジョン探索というのは複数人のパーティで行うものだ。大体四人前後の単位でな。ダンジョンのソロ攻略など無謀。お前たちも最後の一人となって進み続けるのは危険が過ぎる」

であれば、ここは敵といえども協力し、臨時パーティを組んで進む方が得策ではないか？

「しかし……！　互いの優劣を競い合うというイベントの趣旨にそぐわぬのでは？　協力してクリアしたら勝ち負けなど決まらないだろう!?」

魔族の一人が真面目にもスジ論を展開する。

対して人魚さんの方は……!?

「わらわはかまわんぞえ。どうせ一人だけでこの先進むのは無理かなーと思っとったんじゃ」

「ええッ!?」

「元々勝負などわらわには関係なかったし、しかしギブアップはさすがにプライドが許さん。というわけで勝率が上がる方法は大歓迎じゃ」

「うむ……、むしろ他種族と協力して乗り越えるさまを見せた方が融和のメッセージとなり、冒険者を受け入れやすくなるか？　魔王軍としてのメンツも保ちつつ冒険者の実力も認め、おまけに人魚族の存在も好意的に受け止め……!?」

魔族の人がガンガン計算を進めている。

「よし、不本意ではあるが、その案乗ってやろう」

「という〝てい〟ですな？」

「そういうこと」

なんか短く話していくうちに考えが通じ合うようになってきた。

軍隊は常に対面を気にしないといけないからな。

「私はＳ級冒険者のシルバーウルフ」

「魔王軍四天王『貪』のマモル」

「『アビスの魔女』ゾス・サイラじゃ」

互いに名乗り合って、種族間を超えた臨時パーティが成立した。

何故《なぜ》だろう不思議だな？

最初のＳ級冒険者大結集のパーティですら充分夢の組み合わせだったが、今組んだ俄《にわ》か仕込みのパーティの方がよっぽど心強い感がある。

気持ちが通い合っているというか。

このパーティなら最後まで戦い抜けるという安心感があるぞ!!

「いや、オレはお断りだが」

そこへ介入してくる異分子！

ゴールデンバット。

「ダンジョン攻略など、オレ一人で充分可能なのに何故異種族なんぞに頼らなくてはならない？　勘違いしているぞ。ダンジョンは一人の力で攻略してこそ意義があるのだ。パーティなど邪道だ」

煩いソロ信奉者。

お前がパーティ組めないのはただ単に人望がないからだろうが。

「シルバーウルフだってダンジョンに入る時はソロだろう。ソロ攻略こそ最上級のスタイルだ」

「私は基本パーティで入るわ。ソロでやることもあるけど、あくまで息抜きの時だけだ」

でも結局ソロ攻略の時こそ到達階数新記録を出したり思わぬお宝ゲットしたりするんだけどね。

仕方ない。

一匹狼《いっぴきおおかみ》の本能が根差しているのだ。それと同時に狼は群れをつくる動物だからパーティを組むのも仕方のないことだ。

我ながら矛盾に満ちた獣性を背負ってるなあ！

「オレはこのダンジョンを心底満喫するためにも少数精鋭を所望する。オレについてこれる猛者はシルバーウルフお前だけだ！　くだらん馴《な》れ合いはやめろ！」

「煩いなあ！　だったらお前一人で進めばいいだろう!?」

むしろ三種族で協力して進むことに融和的意義を見出《みいだ》しているんだから、これからの時流を考えてもいいことじゃないか！

お前もS級冒険者なら、そういうところにも気を回せや！

「まあまあ……！」

「大丈夫じゃ、お前の方が人族の相対的意思だと信じておるからな……？」

ほら！

むしろ他種族の人たちが率先してフォローしてくれているじゃないか！

私は今まで誤解していたのかもしれない！　魔族や人魚族の方がよっぽど他人に対する気遣いがいいではないか。

「いや、むしろ私以外の魔族は誰も気遣いしてくれないというか……!?」

「おぬしと出会えて人族も捨てたもんじゃないと思えてきたぞー？　半分ワンちゃんじゃけどなー？」

とにかくこれで我々はもっと先に進むことができる！

最終パーティ完成だ！

## 続・三人が気苦労

Let's buy the land and cultivate in different world

さて、こうして人魔人魚の三種族による臨時パーティを結成完了……。

この私シルバーウルフと。

魔族のマモル殿。

人魚ゾス・サイラ殿の三人だ。

その後ろをゴールデンバットのヤツがつまらなそうについてくるが、アイツには極力触れないようにしておこう。

テーマは協力と友情だ。

このまま進み、何事もなくゴールできればよし。

しかし早速困難にぶつかった。

我々の前に立ちはだかる白髭（しらひげ）の老人。

その姿は……!?

「アレキサンダー様!?」

「よくぞここまで到達した。さすがＳ級冒険者よのうシルバーウルフ」

アレキサンダー様がここに現れたということは……。

ここはあの御方（おかた）が守るエリアということか!?

今までのエリアにドラゴンやノーライフキングの番人がいたことを考えても、その可能性が大。

「誰なのだあのお爺《じい》さんは？　やたら堂々としているが……!?」

マモル殿がそんな疑問を漏らす。

そうだな……、人間国のダンジョン事情に慣れていなければ、あの御方もわからないか。

「人の姿をしているが、あの御方こそグラウグリンツドラゴンのアレキサンダー様。人間国最大最高のダンジョン『聖なる白乙女の山』を支配するドラゴンだ」

最強種族ドラゴンでありながら人類に対する深い思い入れを持ち、冒険者ギルドが交渉を持つ唯一のドラゴン。

我ら人族にとってどれほどありがたい存在か！

「世界最高のダンジョンを支配するからには、ご自身も最強と言われている。とても凄《すご》いドラゴンなのだ！」

まかり間違っても粗相があってはいけない相手アレキサンダー様！

とても偉いし賢いんだぞ！

「ふーん、でも、ここの主のドラゴンの方が強いんだろう？」

「竜の皇帝というぐらいだから、どのドラゴンより強いはずじゃからのう。ならソイツよりも下ということではないか、このドラゴンも？」

こらああああああッッ!?

滅多なことを言うな！

「よいのだシルバーウルフよ。そう目くじらを立てずとも。アードヘッグが竜にてもっとも威厳ある立場にいることは間違いない」

はッ、何と御心《おこころ》の広いアレキサンダー様!!

「私もアイツに敬意を払い、新・龍帝城作りに手を貸した。ここから先は私が担当する区域だ。皆心して進むがいいぞ」

アレキサンダー様が設営したエリア……!?

やはりそういうことに……!?

「我が本拠『聖なる白乙女の山』で鳴らしたダンジョン構築の技術、この場にても充分に生かしてやったわ。しかも今回、我が本拠に導入する予定だった新しい罠《わな》を実験的に導入してある」

「新しい罠ですと!?」

「その威力をお前たちで試させてもらおう。ここまで生き残った猛者たちよ、その実力で我が実験の手助けとなるがいい」

前口上が終わり、我々は本格的にアレキサンダー様の担当エリアを進むことになる。

何にしても人間国最大最高のダンジョンを支配するアレキサンダー様。

その方が手掛ける罠も、かなりの性能であることが予想される。

「注意に注意を重ねて進むんだ。今までの相手と同じと思ってはいけない……!」

「ダンジョン探索のプロが言うなら……!」

「そういうことじゃな」

さすが、この二人。

減らず口を叩《たた》いていても、こちらが注意を促せば即座に従ってくれる。

この素直さを、私以外のＳ級冒険者たちは何故《なぜ》持ち合わせないのだろう？

まず目の前に扉。

これを開けて中に入れば、アレキサンダー様の特製罠が満載の修羅のエリアに突入……!?

「よし！　気合を入れて進むぞ！」

ドアノブを回し、勢いよくドアを開けて入る！

その瞬間、響き渡る声が！

『ちゃんとドアを開けられて、偉い！』

「えッ？」

なんだ今の声は？

振り向いて確認とるものの、マモル殿やゾス・サイラ殿は『自分じゃねえよ』と首を振る。

気を取り直して中に入ろう。

注意深く、そっと歩きながら……。

『通路を走らず歩けて、偉い！』

やっぱり声するよな!?

何だこの声は!?

私たちの起こした行動に反応して発生しているようだが……!?

『勇気を持ってモンスターと戦えて、偉い！』

『宝箱を開けたあと、ちゃんと閉めて、偉い！』

『皆で協力して一生懸命頑張って、偉い！』

「だから何なの、これ!?」

思わず叫んでしまった。

何か行動するたびに『偉い！』『偉い！』と褒められて、やりにくいったらありゃしねえ!?

「これがまさかアレキサンダー様の用意した罠!?　ただ『偉い』と褒めるだけのこれが!?」

「その通りだ」

エリア内にもアレキサンダー様が出てきて言う。

「私はかねてから、こうしたかったのだ！　日夜ダンジョンを駆けずり回り、必死に攻略する冒険者たちに、激励の言葉を掛けてやりたかったのだ！」

「なんと!?」

「お前たちのしていることは、当たり前のことなどではない！　弛《たゆ》まぬ努力と磨き上げられた技術の結晶なのだ！　しかしそのことを讃《たた》える者があまりに少ない！　だから考えたのだ！　だったら讃える罠を作ればいいと！」

「…………」

「どうだ!?」

どうだと言われましても……!?

それもう罠じゃないじゃないですか。

単に『偉い』という音声発生装置。

それだけのものに過ぎない。過ぎないというのに……！

「涙が止まらない……!?」

目蓋《まぶた》の奥から溢《あふ》れ出してくる。

いつだったかなあ、最後に人から褒められたのって。

これまで自分がしてきたことは、すべてできて当たり前のものと思っていたが……！

そうか、私は凄いことをしていたのか。

今までの努力が認められたのか!!

「やめてくれ！　私の心の隙間を衝《つ》くのはやめてくれ！」

「このタイミングで優しい言葉をかけられるのは辛《つら》いんじゃあああああ……!?」

おおッ!?

私ばかりでなくマモル殿やゾス・サイラ殿にまで優しい言葉が効いている!?

彼らの心も飢え渇いていたのか!?

気を遣う者ほど、みずからは気遣われることはない。

そこへ不意に見せられた優しさがここまでクリティカルにヒットするとは！

「ぐおおおおおッ!?　ダメだ心の鎧《よろい》が剝《は》がされていくうううううッ!!」

「優しい世界が！　優しい世界では私の張りつめた心は維持できないいいいいッ!!」

「ありがとうと言っていい世の中なのじゃあああああッ!?」

ダメだ！

皆、太陽の光に照らされた吸血鬼のごとく溶かされていく!?　優しい心に!?

なんと恐ろしい罠を考え付いたんだアレキサンダー様！

さすが世界最大ダンジョンの主！

「何がそんなに恐ろしいんだ？」

ピシッと。

春の日差しのように暖かだった空気が一気に冷たく張り詰めた。

その余計な一言は、私たちと一緒に入ってきたＳ級冒険者ゴールデンバットから放たれた言葉。

「お前たちも妙なヤツらだな、ただ声がするだけで何が大変なのだ？」

「コイツ……!?」

「アレキサンダー様もアレキサンダー様だな。ドラゴンが腕によりをかけて作ったというからどんな困難な罠かと期待したらとんだ拍子抜けだ。オレはもっと攻略しがいのある鬼畜ダンジョンを求めているというのに、もっとしっかりしてほしいものだな」

その時、私たち三人の心が一つになった。

「「「黙れこのアホがああああ――――ッ!!」」」

「げふえッ!?」

矢のごとく飛び放たれるキックが三発、完全同時にヒット。

蹴られたゴールデンバットは吹っ飛ばされる。

「アイツの始末は私が付けておく！　シルバーウルフ殿ゾス・サイラ殿！　キミらはアレキサンダー様のフォローを!!」

「わかったのじゃ！」

任せたぞ！

「おりゃあああああっ！　貴様！　貴様のようなヤツがいるから！　世界はいつまで経《た》っても優しくならないんだあああああっ!!」

普段我慢している者ほど我慢の限界を超えるととんでもないことになる。

その典型がマモル殿だったらしい。

ゴールデンバットの背筋を弓なりにして今にもへし折りそうであったが、そんなことかまう筋合いはねえ。

それより私たちはアレキサンダー様の御許《みもと》へ。

クソ野郎の心ない言葉でしょんぼりしていらっしゃる！

ここは全力で励まさねば！

「大丈夫ですよ！　アレキサンダー様の試みは我々の心に染み入りましたよ！」

「そうじゃ！　今日あった色々辛いことも消え去ったぞ！　すべてはアレキサンダー様のおかげなのじゃ！」

ゾス・サイラ殿も一緒になって優しい言葉のお返しとばかりに元気づける。

アナタの優しい気遣いに我らの心がどれほど癒されたか！
私たちはアナタへの感謝でいっぱいです!!
ほれドンドン励ましたまえ!!
結局このエリアでも何やかんや言ってしこたま疲れたのだった。
しかしこの罠は、アレキサンダー様のダンジョンでも是非実装してほしい。

「アレキサンダー様ありがとう！」

「アレキサンダー様のおかげで元気が湧きました！」

「アレキサンダー様のおかげで宰相を続けられそうなのじゃ！」

何とかアレキサンダー様の元気を取り戻して、次のエリアに向かう私たち。

ゴールデンバットのヤツはボコボコにしたあとその辺に置き捨ててきた。

当然の報いだ。

これでついに残りのメンバーは我々三人だけになった。

「もうこれが最終メンバーになりそうだな？」

「この三人で最後まで行くんだろうし、行けなかったらこのまま全滅だな」

そうだな。

アレキサンダー様のエリアを突破して、我々の結束はより固まったように思える。

初対面の連中ばっかりなのに、まるで他人の気がしない!!

「最後まで一緒なのはいいとして……、このダンジョンは一体どこまで続くのじゃ？　そこが肝心なところじゃ。さすがにわらわもこれ以上は付き合いきれなくなってきたしのう」

たしかに。

ダンジョン攻略においてもっとも苦しいのは、ゴールが見えないことだ。

最終地点までの距離が明らかになっていて、そこまでのペース配分がしっかりできていれば、それは本当に恵まれていて楽なことだ。

しかしながらそんなイージーな状況は滅多にない。

私たちもいつ終わるとも知れない暗闇の中、精神を削りながら這《は》い上がっていくしかないのだ。

「心配ご無用なのだ！　ここが最終局面なのだー!!」

私たちの会話に割って入るように現れた……、今度は誰!?

女の子だ!?

なんでこんなダンジョン奥地に女の子が!?　と驚くのもくたびれてきたが、あの少女には見覚えがあったので、すぐ腑《ふ》に落ちた。

「あれは……！　聖者様のところにいたドラゴン!?」

「その通りだー！　お前ら、よくぞここまでたどり着いたのだ！　新・龍帝城も大詰め！　これが最後の試練なのだー!!」

と言うことは……!?

「そう、このグリンツェルドラゴンのヴィール様が拵《こしら》えた、このエリアこそが最後の試練!!　ここを抜ければあとはもうアードヘッグが待っている玉座の間オンリーなのだ！」

それは朗報……！

終わりが見えたことで図らずも、体に力が戻ってくる！

「皆頑張ろうあと一息だ！　終わりが、終わりが見えてきたぞ!!」

「そうとわかると、あともう一踏ん張りできるというものじゃ！」

仲間たちも奮い立ち、疲労を一時忘れ去る。

今こそ最後の力を振り絞る時だ！

行ける！　私たちが一致団結したら、どんな険しいダンジョンでも！

「ぐっふっふ！　威勢がいいが、このヴィール様が考え出した罠《わな》満載のエリアは手強《てごわ》いのだぞー？　泣きべそかいても知らないのだ！」

「いいや！　我々は試練を通じ、堅い絆《きずな》で結ばれた！　人族、魔族、人魚族と言った種族の垣根などもうない！　それがこれから全世界の基本スタイルとなっていくのだ！」

「よくぞ言った！　では踏み入るがいいのだ、このおれの設計したエリアへ！　おれが仕掛けた罠は……！」

行くぞ皆！

私たちが力を併せたら、突破できない障害などない。

「数百の筋肉マッチョたちにもみくちゃにされる罠なのだ」

あ、やっぱ無理そう。

そうして我々は必死になって進んだ。

部屋いっぱいに押し込められた無数のマッチョの中を分け入りながら。

どこからこんなに連れてきたのだろうという大量の筋肉マッチョたち。

それらが密閉空間の中で押し合いへし合い。
温度を上げ、湿度を上げ、圧力を上げる。
そんな質量地獄の中を進む。
顔に大胸筋が押し付けられる。
今手が触れたのは誰かのマッチョの尻か!?
ぐおおおおおッッ!?
辛《つら》い!?
どうして私たちはこんな辛い思いをしてまで進もうとしているんだ!?
いかん、動機を問う段階にまでなってきた。
マモル殿! ゾス・サイラ殿!
無事か!?
いいや無事じゃない! マッチョどもの肉が作る波に流されていく!?
アレがマッチョの離岸流か!?
あの流れに乗ったら城の外へ流し出されてしまうぞ!
気をしっかり持つのだ!
負けてはならない!
このマッチョの圧力に敗けてはならないいいいいいいいいッ!!
「やっと突破できた……!」

「突破できるとはよもや思わなかった……!?」

「突破できなくてもよかったわ……！　吐きそう……！」

とんでもなく苦しい目に遭いながら、我々はついにすべての難関を突破して、ここまでやってきた！

皇帝竜ガイザードラゴンの玉座の間！

そこには見上げるほどの巨大なドラゴンが鎮座しているではないか！

『よくぞ……、ここまで来た……!!』

ヤツこそこのダンジョンの主、すべての竜の頂点に立つ竜の皇帝ガイザードラゴン!?

入り口で一回見たからわかる！

『このガイザードラゴンのアードヘッグ。お前たちの奮戦はつぶさに見届けたぞ。仲間を失い、生き残った者たちで協力し、助け合って、マッチョにもみくちゃにされながらここまで来るのをな』

「やめて！　言及しないで！」

一刻も早く忘れたいので！

『……今回の勝負は、我が下《もと》にたどり着く順番を競い合うものであった。その規定からすれば途中で協力し、一つのパーティとなって進む時点で勝負の意義は消え去ったといえる』

うッ……！

たしかに……！

『しかし、今となってはそれすらどうでもいいことなのかもしれん。素晴らしいのはお前たち三人が、種族の別なく互いを信頼し合ってここまで来たということ！　その信頼と協力の心こそが素晴らしい!!』

ああ、はい……!?

もしやこの竜も、アレキサンダー様と同じ類!?

『もはやこの戦いに勝ち負けはない！　全員が勝者だ！　見事ここまでたどり着いたお前たちに、おれから皇帝竜として賛辞を贈ろう！　お前たちはやり遂げた！　おめでとう!!』

そうやって手放しに賞賛されると、なんだか段々実感が湧いてきた。

私たちはやり遂げたのか？

この困難な、竜の皇帝が支配するダンジョンを見事乗り越えた！

しかも勝ち負けなどという小さな拘《こだわ》りを超え、もっと重要な、協力して取り組むことを獲得した。

「ありがとう皆！　キミたちのおかげで私は大事なものを手に入れることができた！」

「それは私も同じだ！　なんと有意義な戦いだったのだろう！」

「気苦労を重ねている者が他にもおった！　わらわは孤独ではなかったのじゃ!!」

それぞれが喜びを噛《か》みしめていた。

日頃からけったいな同僚たちに振り回されて、しわ寄せが全部こっちに来て、余計に疲れること多々ある毎日だけど……！

同じような苦労を重ねているのは私だけじゃなかったのだな！

同じような苦労人が他にもいたのだ！

そう思うだけで私たちは頑張れる。同じ苦労を背負い込んだ仲間がいると思うだけで!!

『この世界は、お前たちを起点に革新されていくだろう。種族を超えて協力していくものに。そんなお前たちを讃《たた》えるために。このおれから称号を贈りたい』

称号!?

『そう、お前たちを未来永劫《みらいえいごう》讃えていくための、お前たち三人だけが名乗ることを許される称号を。ガイザードラゴンたるおれから贈られたものだ。地上の全存在に対して誇る理由となろう』

凄《すご》い……!

ドラゴンから称号を贈られるなんて、どんな領主や国王から賞賛されるより誇らしいことじゃないのか!?

しかも竜の頂点、皇帝竜から!!

散々苦労してきた我が人生だが、こんな風に報われる時が来るなんて!

「苦労してきてよかった!」

「頑張ればいつか結果の出る日が来るんじゃな!!」

マモル殿やゾス・サイラ殿も嬉《うれ》しそうだ!

『それでは……、そうだな。お前たち三人をまとめて呼ぶ呼び名は、今日より……!』

私たちに与えられる称号が決まった。

『「クローニンズ」で』

「「「それはやめてくれませんかッ!?」」」

こうして私たち三人は……。
どこに行っても苦労している人ということが世界中に知れ渡るようになったという。

プラティ第二子、懐妊!!

やったぜ!

ひゃっほい!!

唐突なる吉報に狂喜乱舞する俺!

たまたまその場にいた魔王さんやアロワナさんからも祝福を受けて、幸せいっぱい夢いっぱい!

それはそれとして人魔人魚混交の一大イベントを成功させるべく、俺たちのいる城外でも精一杯囃《はや》していかないとな!

結論から言って、城外にいる観客たちは常に大盛り上がり。

熱狂に包まれ、一時たりとも静まることがないほどだった。

グラシャラさんとピンクトントンさんの二名によって。

そうただ今、新・龍帝城正門前では世紀の一戦が開催中。

第二魔王妃にして元・魔王軍四天王の一角、その類まれなる体軀《たいく》とパワーで戦場では敵軍を蹴散らした暴虐将軍グラシャラ。

そんなグラシャラさんに戦場で唯一対抗できたという獣人傭兵《ようへい》。今はS級冒険者として名を馳《は》せるイノシシ獣人ピンクトントン。

かつて幾度となくぶつかり合い、そのたび戦局を混沌《こんとん》とさせてきた両者が、この平和な時代に図らずも再会し、そして図り合うまでもなく再び衝突。

それが運命だとでもいうかのように。

戦場でつけられなかった決着を、今この場でつけるため二人は過去に立ち戻る。

あの日捨て去ったはずの、もう一人の自分……一頭の獣となって、野性赴くままに牙を剝《む》き、ぶつかり合う！

その激突を目撃することとなった観客たちは大盛り上がり。

本来は魔王軍四天王とS級冒険者たちのダンジョン攻略競争を観戦しに来たはずの彼らだが、むしろこっちの方に視線が釘付《くぎづ》け。

何しろかつては魔王軍屈指のパワータイプであったグラシャラさんと、そのグラシャラさんに唯一真正面からぶつかり合えるイノシシ獣人のピンクトントンさん。

パワー自慢なだけに双方逞《たくま》しい体格の持ち主で、女性らしからぬ太くて巨大な肉体が激突する様はド迫力。

筋肉と筋肉がぶつかり合う衝撃が、ビリビリと周囲に飛び散るほどだった。

それが視界に収まる範囲内にいては無視することなど不可能。

観客たちは人魔にかかわらず、そちらへと視線を引き寄せられて、ついには独占。

果ては観客席を熱狂させるに至った。

魔族の観客はグラシャラさんを。

人族の観客はピンクトントンさんをそれぞれに応援。

出身種族からすれば当然の色分けだが、それぞれの声援を背に受けた二人はまさしく人魔双方の代表者のごとくなり……。

種族の威信を懸けた一大決戦の様相を帯びてきた。

そこまで盛り上がっては運営側としても捨て置けまいということで。

こんなこともあろうかと待機させておいたオークたちにお願いし、即興ながらリングを設営してもらった。

あと金網も。

周囲を炎で囲ってみたり。

そして電流爆破も導入するか!?

そんな感じで環境も整い、本格的なフィールドで雌雄を決さんとする二人。

彼女たちの決戦に見届け人は必要であろうと、不肖の俺がレフェリーを務めることとなった。

レフェリーといえば、とかく試合の巻き添えになって危険にさらされることの多いポジション。

選手と一緒にリング外に落っこちたり。

間違って関節技きめられたり。

包帯でグルグル巻きにされたあとストローぶっ刺されて体液を吸い取られてミイラになったり。

第二子を授かろうとする俺も、家族を路頭に迷わせる危険は避けたいところだが、しかし俺にも今回のイベントを企画した一人として最高に盛り上げる責務がある。

ということで俺もリングに上がり、二人の勝負をもっとも近いところで見届けようではないか。

レッツ、ファイッ！

ぐふぉッ!?

いきなりグラシャラさんとピンクトントンさんのクロスボンバーかまされて死ぬかと思った。

そのあと二人はがっぷり組み合って、純粋な力比べを続行！

双方、小手先に頼らぬ純粋なパワータイプのため、試合は常に迫力に満ち、観客を熱狂させた。

グラシャラさんが殴りつけたら、ピンクトントンさんが殴り返し……。

ピンクトントンさんが投げ飛ばしたら、グラシャラさんは華麗に受け身をとって着地し、反動をつけるようにしてピンクトントンさんにぶつかる。

そして……、ああーっと、ピンクトントンさんコーナーポストから飛翔《ひしょう》した!?

空中で一回転しつつ、リングでダウンするグラシャラさんへ全身直撃！

あの巨体で華麗な空中技もこなすとは!?

思えばピンクトントンさんは、元々は獣人傭兵として戦場を駆けずり回った経歴の持ち主だが、人魔戦争が終結してからは冒険者に転向し、あっという間にS級冒険者に上り詰めたという。

きっと冒険者になってからも幾多の困難を潜《くぐ》り抜けてきたことなのだろう。

一方ライバルのグラシャラさんは、戦争終結後は魔王さんと結婚して魔王妃となり、懐妊して一子を出産。

政務や育児に追われて、実戦からは遥《はる》かに遠ざかっていたはずだ。

自然、鍛える機会を失った肉体は衰え、逆に困難を受け続けた肉体はますます頑強となる。

試合が長引くほどにその差が克明になり、露骨に追い詰められていくのは魔王妃グラシャラさんの方だった。

明らかなスタミナ切れにより動きの鈍くなったグラシャラさんへ、ピンクトントンさんがイノシシ獣人として備わった牙をもって必殺技ハリケーンミキサーでグラシャラさんを吹っ飛ばす!

獣人として、体の半分に獣因子を混在させるピンクトントンさんが背負った獣性はイノシシ。

それを戦いに活用する際もっともモノを言うのが突進力であった。

その突進力に晒《さら》されたグラシャラさん。

体力も尽き、大ダメージを負ってリングに沈む。

もはや勝敗は決したと誰もが思う。

対戦相手であるピンクトントンさんもまた勝利を確信し、とどめを刺す前にコーナーポストに登り、観客へ向けてリングパフォーマンスをするほどだった。

ダウンして起き上がる気配のないグラシャラさんを余所《よそ》に。

かつて四天王の暴虐将軍と恐れられた彼女も、平和の中に闘争心を忘れてしまったか?

それが敗因か?

このままグラシャラさんは起き上がれないと思われた時、彼女を奮い立たせるたった一つの声援が飛んだ。

それは他でもないグラシャラさんの実娘マリネちゃんの声であった。

「ははうえ、がんばえー」

と。

それが、まだ幼児でしかないマリネちゃんの初めて喋《しゃべ》った言葉であったとのちに語られる。

実の子からの応援に奮い立たない母親はいない。

怒濤《どとう》の勢いで立ち上がると、リングパフォーマンスに油断しまくりピンクトントンさんの、その背中に突進。

背後からガッシリ腰をロックすると、そのままの体勢でエビ反りに投げ上げる！

これはジャーマンスープレックス!?

しかもブリッジ状態で相手を頭からリングに叩《たた》きつけたあと、ガッシリフォール体勢で固めてきたのでジャーマンスープレックスホールドだ！

俺もレフェリーとして這《は》いつくばると、ピンクトントンさんの両肩がたしかにリングに接しているのを目視しながら地面叩いてカウントす！

ワン！

ツー！

スリャー!!

試合終了おおおおおおおおおおおおッッ!!

勝者グラシャラさん！

大ピンチからの見事なる一発逆転勝利！

この絵に描いたようにドラマティックな結末に、観客総立ちになって大興奮。

夫である魔王さんも感極まって娘のマリネちゃんを抱えたままリングに突入し、第二妃としてのグラシャラさんを抱き上げて、その勝利を称《たた》えた。

一時は巻き返しも不可かと思われたグラシャラさんに復活の息吹を与えたのは、彼女が何より愛する愛娘《まなむすめ》からの声援だった。

実戦から退き、衰えたかと思われた元四天王グラシャラさんだがそんなことはない。

彼女は今も強くなり続けている。

何よりも強い『母親』という存在にランクアップして。

平和はけっして人類を弛緩《しかん》させ、衰えさせることなどなく。

壊すのではなく築き上げていくことで人それぞれをさらなる高みへ導いていくのだということを証明する一戦だった。

ダメージから回復したピンクトントンさんも、素直に勝者を称え、グラシャラさんもまたライバルの健闘を賞賛する。

ガッシリと交わされる握手。

勝者敗者の違いはあれど、それは奪い合うための勝敗ではない。

互いに実力を振り絞って高め合うための勝負だということを全観客に示し、人魔の種族同士がわかりあう一歩を踏み出した。

まさに人族魔族の融和を進める意義ある試合だったと言えよう。

「……本当にこのイベントを企画した意義があったな……！」

「…………おい」

なんだ？

呼びかけられたので振り向くと、そこに三つの顔があった。

人魚ゾス・サイラさんと、Ｓ級冒険者のシルバーウルフさんと、……あと一人、誰？

顔ぶれ的に四天王のお一人かと思われるが？

「わらわたちが必死にダンジョン攻略しておったというのに、この騒ぎはなんじゃ？」

「いや、凄《すご》いんですよグラシャラさんとピンクトントンさんが！　互いに全力を尽くした名勝負で、観客大興奮！　人族魔族の融和を加速度的にですね！」

「それを目的としていたのは、ダンジョン攻略競争の方じゃなかったのか!?　なんでそっちをそっちのけで突発的な試合の方に皆注目してるの!?」

「あ、ゴメン……！　二人の勝負が白熱して思い切り見過ごしちゃった……！」

「私たちの苦労は何だったんだッ!?」

どうやら時を同じくして無事龍帝城の攻略を終えた三人が帰還してきたらしい。

まあ、当初の目的である人族魔族が互いを認め合う方向へ持っていけたのは、グラシャラさんとピンクトントンさんが遂げてくれたのでよかったじゃないか。

終わり良ければすべて良し！

え？　よくない!?

そんなわけで大成功裏に幕を閉じたダンジョン攻略競争。

……え？

グラシャラさんとピンクトントンさん因縁の対決シングルマッチ無制限一本勝負がメインイベントじゃなかったかって？

はてさて誰がそんなこと言いましたかね？

今日は最初から最後まで新・龍帝城のお披露目と攻略競争がメインのお話だったぞ！

途中、本筋を消し飛ばすような大盛り上がりの突発イベントなどなかった。

今回一番苦労したあの三人の精神安定を図るためにそういうことになってるの。

いいね？

とにかく無事閉会宣言がなされたあと、観客たちを転移魔法で帰還させて然《しか》るのち、関係者だけでささやかな打ち上げが行われることとなった。

勝負の場となった新・龍帝城で。

選手として参加した四天王、S級冒険者、六魔女に加えて、彼らを迎え討つ側となったダンジョン制作者のドラゴン&ノーライフキングの面々。

来賓としてやってこられた魔王さんやアロワナさんも参加し、和気藹々《わきあいあい》と立食パーティとしゃれこんでいた。

「戦い抜いた者たちに労《ねぎら》いなのだー。おれ手製のゴンこつラーメン（無希釈）を食らうがいいのだ！」

ここぞとばかりにヴィールがゴンこつラーメンの消費に精魂傾けていた。

こうして試合が終われば、互いの立場も忘れて交流し、讃《たた》え合う。

それがこれからの三大種族のスタンダードになっていけばいいなあ。

「アードヘッグさん」

「うぬ？」

とりあえず俺は、新・龍帝城の主であるアードヘッグさんへ改めて挨拶。

「今回は場所を提供してくださり本当にありがとうございました」

「いやいや、人類の和解に一役買えたというならおれも望むところだ」

この人自身、新しく皇帝竜になったばかりで大変なことも多いだろうに、そんなさなか人類に思いやりを示してくださるとは。

本当にアードヘッグさんが新生ガイザードラゴンになってくれてよかった。

俺は別の話の輪へ混ざることにした。

魔王さんが、S級冒険者のシルバーウルフさんと何やら話し込んでいる。

「なんだか珍しい組み合わせですね？　何の悪巧みです？」

「いや、別に悪巧みというわけでは……!?」

密談の雰囲気が明らかにそれだったから。

悪いことじゃないにしても、何か難しい政治向きの話であることは察せられた。

「今回のイベントが狙い通りに収まったのでな。その勢いを駆って本来の事業を進めようということになったのだ」

「本来の事業？」

なんだっけ？

「聖者殿……？」

「いえいえいえ、ちゃんとわかってますよ！　忘れてませんよ！」

ええと、あれだ。

魔国にあるダンジョンを冒険者たちに開放しようという話でしょう？

冒険者ギルドという、民間がダンジョンの管理を行うシステムは旧人間国の側にのみある。

対する魔国は今までずっと魔王軍がダンジョン管理を行ってきたのだが、軍縮で手が回らなくなってきた。

そこで人間国の冒険者に業務委託し、足りない手を補ってもらおうという案が生まれる!!

「今回のイベントで人族魔族の蟠《わだかま》りもますます解けたことだろうし、魔国側に冒険者を迎え入れても反発は少ないものと思われる。これから業務委託を本格化していく所存だ」

「そのための打ち合わせを魔王様としていたところだ」

とシルバーウルフさん。

「実のところ冒険者ギルド側も、戦争終結に伴って問題を抱えている。食い扶持《くぶち》を失った傭兵《ようへい》やら騎士やらが新たな職を求めて一斉に冒険者へジョブチェンジしやがった」

「前職の経験を生かせそうですしね」

「とはいえ急激に職業人口が増えて、既存のダンジョンから溢《あふ》れ出す始末だったのだ。このままでは未発見ダンジョンを求めて一斉に野に放つぐらいしかないと思っていたところの魔国側の要請なので非常に助かっている」

需要と供給が一致したってわけか。

「かつて魔王軍と激闘を繰り広げた張本人どもともなれば、益々《ますます》冒険者として魔国本土へ送ることが躊躇《ためら》われたがな。それも今回の催しで光明が見えてきた……」

あっちの席で、もっとも熾烈《しれつ》な激闘を繰り広げてきた戦士が、今は和解の祝杯を挙げている。

『この世に完璧なものが一つだけある、それはオレたちの友情だ！』と言わんばかり。

そう本日のメインイベンター、グラシャラさんとピンクトントンさんだった。

「いやー、冒険者になって益々突進力が上がったんじゃねえのお前!?　戦闘訓練サボってばっかのオレじゃもう敵《かな》わないなー！」

「何言ってるんですか今日の勝者が～！　最後の逆襲には本当してやられましたよ。アレが母の強さってヤツですか～!?」

「応よ！　ウチの子可愛《かわい》いだろう！　ホント可愛いだろう!?　お前もとっとと結婚して子ども作れよマジで可愛くて人生変わるぜ!?」

「出たよ既婚者の幸せお裾分け攻撃〜!?」

めっちゃ和気藹々としていなさる。

「まあ、あれだけ打ち解けられたんなら、他の魔王軍兵士や前職傭兵現冒険者にも伝播《でんぱ》していくだろう。……本当にやってよかったな、このイベント」

ああッ!? シルバーウルフさんが遠い目つきになっている。

結局最後まで懸命にダンジョン攻略してアードヘッグさんの下へたどり着いた三人のうちの一人。

『クローニンズ』の称号を奉られるほどに悪戦苦闘した成果が全部もってかれた衝撃が彼の心の中でまだ燻《くすぶ》っている!?

「だ、大丈夫ですよ! シルバーウルフさんたちの苦労も、きっと世界平和に貢献していますよ!」

「だといいがな……!?」

大丈夫です。

だって『クローニンズ』はシルバーウルフさんとゾス・サイラさん、そして四天王のマモルさん? だっけの三人一組でしょう?

人族魔族だけでなく、人魚族まで加わって三大種族の融和に繋《つな》がっているわけじゃないですか!

グラシャラさんとピンクトントンさんの勝負はあくまで人族と魔族が効果範囲内。

人魚族までカバーしている『クローニンズ』には敵わない!

「その証拠に……アレを見てくれ!」

シルバーウルフさんを除く『クローニンズ』の二人。

ゾス・サイラさんとマモルさんが、ある一人を取り囲んで懇々と説教していた。

「何故《なぜ》お前は一人で生きてるような気分になっとるんじゃ？　本当に完全な意味で一人で生きていける者などいないのじゃぞ？」

「キミだって、ギルドあっての冒険者だろう？　ギルドから報酬を貰《もら》って、その金銭でご飯を食べたり寝床を借りたりしている。そしてギルドというのは全員の相互扶助で成り立っている」

「助け合いとは思いやりの精神なのじゃ。それを意識しないと意味のないことなんじゃぞ？」

「キミのように思いやりを無視する人間が組織の中に一人でもいると、皆の思いやりが無駄になって組織が崩壊するんだ。それがいいわけないだろう？　どうなんだ？　ちゃんと言ってみろ？」

情け容赦ない説教の集中砲火を食らっているのは、たしかS級冒険者の一人でゴールデンバットとかいう人。

なんかダンジョンの中でやらかしたらしく、出てきてからずっと説教されている。

一流冒険者、俯《うつむ》いて相手の目を見ようとしない。

「あれはアイツの自業自得だから何の同情も湧かないが……」

「同僚のアナタがあそこまでマジ説教したら絶対しこりが残るでしょう？　そこを代わって部外者という立場から本音をぶつける！　これこそアナタたちの絆《きずな》の力なんですよ！」

これぞ『クローニンズ』必殺の代打説教術！

互いの陣営の問題児を諌《いさ》めることで、仲間たちの苦労を減殺し合う！

「そうか、では私も仲間たちの苦労を代行して……」

シルバーウルフさん、ツカツカと歩いてどこへ行くかと思ったら。

「……ベルフェガミリア殿。アナタが面倒くさがりなのは別に悪いことではありません。しかし、面倒くさいことを他人に押し付けることは違うでしょう？」

四天王のベルフェガミリアさんに説教し始めた!?

四天王筆頭の席にありながら面倒くさがりで、その分同じ四天王のマモルさんに苦労をかけまくるベルフェガミリアさんに!?

代打説教術が上手《うま》く機能している!?

ああ、とかやっているうちにゴールデンバットさんを説教していた二人のうちの一人、四天王マモルさんが離れて……。

「あのね、思い付きは実行するのに根回しが必要なんですよ？　唐突に始めたら絶対どこかに皺寄《しわよ》せがいくでしょう？　アナタも王族なら自分の言動が下々に大きな影響を与えることを慎重に考えてですね……」

プラティを説教し始めたあああああッ!?

S級冒険者のゴールデンバット。

四天王ベルフェガミリア。

六魔女プラティ。

それぞれの陣営の問題児たちに、それぞれの苦労人たちが説教おっかぶせるこの状況！

「ウチの奥さん、問題児にカテゴライズされてた……!?」

まあ仕方ない一面もありますが、今少しご容赦いただけませんか。

新たに宿った二人目の胎教に説教は何かと不都合が!?

まあ、こうして三大種族が一致団結している様を見るだけでも、平和がよりたしかなものになっている実感ができて嬉《うれ》しいものだった。

やっぱり今回のイベントは大成功だな。

そして、説教される側の問題児たち。

どいつも全員、顔を俯かせて説教する相手の目を頑《かたく》なに見ようとしない。

ビックリするほど同じ動作をしているのが別の意味での一致団結を印象付けるのだった。

農場に戻ってきて、改めて言います。

プラティ、二人目懐妊！

嬉《うれ》しい！

きゃっほう！

我が家に家族が増えるだけでなく、ついにジュニアもお兄ちゃんになるということか！

それだけでも大変めでたいというのに、吉報はそれだけにとどまらない。

なんとパッファ、ランプアイをも同時にご懐妊。

二人は同時期に結婚したとはいえ、子どもを授かる時期まで同じだとはちょっと出来すぎと思えるほど。

特にパッファは新たなる人魚王妃なので、その懐妊はお世継ぎ誕生ということで国を挙げて祝う慶事。

もう本当になまらめでたい！

この俄《にわ》かなベビーブームに農場も沸きかえり、なんかお祝いでもしようぜということになった。

「神を呼びましょう！」

とプラティがなんか言い出した。

「こうしてアタシたちが赤ちゃんを授かるのも、すべて神様が見守ってくださるからよ！　その神様を呼び出して、捧《ささ》げものなどしながら直接感謝の言葉を述べようじゃないの！」

感謝するのに呼びつけるんですか？

まあ、いいか。

プラティの言うことにも一応理があるため……そして神を呼び出す手段もあるので、しめやかに執り行うこととした。

人魚国で忙しく働いているアロワナさんパッファの人魚王夫妻と、ヘンドラーくんランプアイの側近夫婦にも予定を組んでもらい久々に農場訪問。

……なんかゾス・サイラさんからの呪いの波動を受け取った気もするが、一日だけでも勘弁してください。

祝い事なので。

そして神を呼び出すと言えば絶対欠かせないこの御方《おかた》。

ノーライフキングの先生。

「先生、今日もよろしくお願いいたします」

『心得ましたぞ』

気軽に神を呼び出すと言えば先生ぐらいしかできないので、素直にお願いする。

この人も、神召喚は半分趣味みたいなものなので頼めば喜んで引き受けてくれる。

そうして先生が杖《つえ》を振るって呼び出した神は……。

『ばんこらん（呪文）』

……女神たち。

二神いるうちの一方は、朝日を映し込む海原のように輝く金髪を持った女神で、逆にもう一方は夜の海のごときたゆたう黒髪の女神だった。

金髪の方が海母神アンフィトルテ。

黒髪の方が海神妃メドゥーサ。

双方、海神ポセイドスの妃神で、海よりいずる生命の育《はぐく》み手だ。

新たな命を授かった報告に、彼女たちこそ相応《ふさわ》しい神々はおるまい。

海においては。

「肝心のポセイドス神は呼ばなかったんだ？」

『当たり前よー、楽しいお出かけにあの人がついてきたら一気にむさくるしくなるじゃないー』

神においても夫は妻から蔑《ないがし》ろにされるらしい。

「偉大なる海の女神たちよ！　アナタたちの加護のおかげでアタシたちは新たなる命を授かることができました！」

プラティが代表して神へ言挙《ことあ》げする。まるで神に仕える祭司のように。

ああいうところ見るとプラティが天才で王族だって思い出す。

「この感謝をお伝えするために、こうしてお出ましいただきました。アタシたち三人揃《そろ》いまして感謝申し上げます！」

プラティの左右にパッファ、ランプアイの二人も並んで跪《ひざまず》く。

『そういうのいいからいいから！　感謝の捧げものをプリーズ！』

「クッ、そっちもお見抜きか……！」

神を呼び出すのにもてなしの品もないわけがなく、しっかりと用意してありました。

俺が事前に用意しておいたケーキワンホール。

『きゃあああああッ!!　これがあるから召喚されたのよおおお!!　聖者が作った美味《おい》しいケーキいいいいいッ!!』

『いつも美味しいものをご馳走《ちそう》してくださって感謝ですわ。……ちょっとアンフィトルテさん？

「いただきます」も言わずに齧《かじ》りつくんじゃありません。まだ切り分けてもいませんのよ？』

『そんなことする前に誰かに食われたらどうするのよ!?　世界は常に早い者勝ち！　好きなものから食らいつくんじゃあああああ！』

『それが神の振舞いですかはしたない。……って言うかもう半分以上食べてる!?　少しは分け合うことを知りなさい!!』

相変わらず神々の振舞いは意地汚い。

神の中では多少マシなアンフィトルテ女神とメドゥーサ女神でさえこの始末。

『……まあ、とにかく二人目懐妊おめでとうプラティちゃん。異世界人の子を授かるというのは本来不可能なはずなのに、アタシの加護を得てよく二人目までも身籠ったものね。本当に見事だわ』

「すべてアンフィトルテ様の加護ゆえに」

今更神らしい威厳を出されても……。

顔中クリームでベットベトですよ女神。

『あら、それを言うなら私が加護を与えたパッファさんも見事なものですわ。王たる者に嫁ぎ、ついに世継ぎまで懐妊なさるなんて。私の目に狂いはありませんでしたわね』

「恐悦至極にございます！」

パッファも深々お辞儀する。

昔はツッパリの権化みたいだった彼女も、人魚王妃になり礼節を弁《わきま》えるようになったか。

……いや、自分の恋愛のためなら躊躇《ちゅうちょ》なく変節するのは昔からだったか。

『パッファさん、プラティさん、アナタたちにはそれぞれ「海神妃の祝福」と「海母神の祝福」が授けられました。それは私たち海神の妻に認められた証《あかし》。これからもそれを誇りとし、よき妻よき母であることを忘れなきようにね』

『だったらやっぱりプラティちゃんの方が期待だよね。アタシの授けた「海母神の祝福」の方が格としては上なんだから』

『あ？　なんだやんのか？』

怒ると口調が変わるらしいメドゥーサ女神。

ともかく厳かに神への言上《ごんじょう》を進め、つつがなく終わっていくかと思いきや……。

「……そういえば……」

神と対面するメイン三人の中で、一人だけまだ何も喋《しゃべ》っていないことに気づいた。

『獄炎の魔女』ことランプアイだ。

「ごめんなさいねランプアイだけハブにしちゃって。どうしても加護を受けた人と神同士で会話が弾むから……！」

「この際だからランプアイに加護をくれた神も呼んでやったらどうだ。どうせお前も誰からか貰《もら》ってるんだろう？」

というのは、以前ある出来事からウチの農場の住民は大体皆、神から何がしかの加護を貰っているのだ。

ランプアイもあの時の現場にいたので、きっと加護を与えてくれた神がいるはず……。

「いいえ、わたくしは特に何も貰っていません」

「「『『え？』』」」

プラティパッファだけじゃなく、神々まで驚く。

「たしかに昔、皆様と一緒に神の加護をいただく機会があったのですが、わたくしは辞退しました」

『え？　なんで？　神の加護は人の子なら誰でも欲しがる超いいものじゃないの？』

自分たちの施しを拒否されたと感じたのか、アンフィトルテ女神若干の動揺ぶり。

「いえ、わたくしは炎の魔法薬を得意としますので、できれば火炎を司《つかさど》る神様の加護をいただきたかったのです。しかしあの時の神の顔触れに、そういった方が見当たらなかったので……」

お断りしたと？

「お前そういうところあるよな……！　欲しくないなら『やる』と言われても受け取らないというか……!?」

ある意味ランプアイが六魔女の中で一番豪胆なのかもしれない。

『その意志の固さ気に入ったわ！　そうよね！　人の子は真に尊敬する神にのみ従うべきよね！』

「わたくしとしては竈《かまど》の火を司る女神ウェスタ様の加護をいただきとうございますが……。あの女神さまは家庭円満も守護されるとのことで、ヘンドラー様に嫁いだわたくしとしては、まさに理想の崇拝者」

『ああ、アイツね！　よければアタシが口利きしてやってもいいわよ！　知らねー仲じゃねーし!!』

なんか知らないがアンフィトルテ女神が過剰に親切になっている。

加護を受け取らなかったというのが、そんなに動揺を呼んだのか？

「ありがとうございます。さすが海の母神、慈悲の深さに感謝いたします」

『いいってことよー！　女人魚は全部アタシの守護対象だからね、当然よ！』

ふんぞり返るアンフィトルテ女神。

その横で……。

『でもウェスタさんってたしか処女神じゃありませんでしたっけ？』

『え？』

メドゥーサ女神が指摘した。

『その関係で自分を崇《あが》める女性にも生涯純潔を強要したはずですよ？　そちらの人の子は結婚してさらに懐妊までしていますので、とてもあの方のお眼鏡に適《かな》うとは……』

「まさか結婚したことが仇《あだ》になるなんて……!?」

ガックリと肩を落とすランプアイ。

「……そうと知らずに結婚前に加護を受けなかっただけヨシとしますか。そうでなかったらヘンドラー様と結婚できないところでした」

『まあ、他に炎使いの上手《うま》い神を見繕っておきましょう』

神の加護というのも厄介なものだ。

魔王さんの件でもあったが、加護と引き換えに禁止される事項とかあって、色々ややこしい。

そこで俺は、あることが気になった。

かつての農場住みの人魚の中で、もう一人いた四人目。

『疫病の魔女』ガラ・ルファ。

「……そういやキミは、どんな神から加護を受けていたっけ？」

たまたま俺と一緒に神の会合を見守っていた彼女に、気になって聞いてみた。

いや、何と言うか最近ガラ・ルファが一番ヤバいオチ要員になっているような気がして、用心のため。

「はい、私はニュクスさんという女神様から加護をいただきました！」

「へー」

誰？

　こっちの世界の神様にはあんまり知見がない。

『え？』

『ニュクス？　なんでアイツが？』

　しかしメドゥーサ、アンフィトルテ両女神が揃って反応。

『アナタが加護貰ったのって、あの時でしょう？　地と海の神々皆でごはん食べにきた日のこと!?』

『ニュクスはあの宴《うたげ》に参加してないはずですよ!?　彼女は三界神より古い神格ですから所属も違いますし！』

『っていうかあの女神いつもそうじゃない!?　知らないうちに現れて知らないうちに消えているのよ!!』

『さすが古代神にして夜の女神というか……!?』

　大いに混乱するが、事情を知らない俺には何のことかサッパリ。

　ちゃんと説明してくれないとわけわかりません。

　いや、やっぱ説明してくれなくていいや、ややこしいし。

『……ときに、ニュクスのおばはんはアナタにどんな加護を与えてくださったの？』

　恐る恐る尋ねる女神たちに、ガラ・ルファは快活に答えた。

「はい、『世界を終わらせる決定権』というのをいただきました！」

『あんのクソ女神、人の子になんて物騒なもの授けてんのよ!?』

『これだから古代の隠神《かくしがみ》はやることがよくわからねえ!!』

とりあえずこの会合でわかったことは……。

ガラ・ルファが益々《ますます》ヤバい存在に進化しているということだった。

いや、むしろガラ・ルファのヤバさに惹《ひ》かれて、その謎の神様が人知れずやってきたのか?

一体どういう意図があるのか、いずれ当人に会って聞く以外になかった。

我が農場にタコが来た。

唐突すぎて何のことかわからないかもしれないが、とにかくウチにタコが来たんだ。

しかも、ただのタコじゃない。

めっちゃ巨大なタコ。

大型の帆船だってコイツに絡みつかれたら沈むんじゃないかという怖さを感じるほど。

そんな巨大タコが海岸へ這《は》い上がるように現れたのだからみんな大騒ぎだ。

オークボ、ゴブ吉など戦える者を中心に海岸へ集結し、即迎撃に移れる態勢をとっていたら
……！

『プラティちゃんおひさーー！』

「わー！　クラちゃんじゃない懐かしいーッ!!」

なんかウチの妻と打ち解けていた。

え？　知り合い？

「紹介するわ旦那様！　アタシのマブダチのクラーケンちゃんよ！」

『初めましてー！　いやー、プラティちゃんが結婚するなんて意外だわー！　気が強すぎて男なんか誰も気後れすると思ってたからー！』

「こらー、友だちだからって歯に衣着せなさすぎだぞー？」

『あら、ごめんあさせー！』

俺の奥さんタコとめっちゃ仲いい。

人魚だから、海棲《かいせい》生物すべてと仲よしになれるってことなんだろうか？

そのうちタイやヒラメと舞い踊りそうだが。

いやでもその割に食卓に上る魚料理ガツガツと食っているよねプラティは？

彼女の心の境界線はどこにあるの？

「クラちゃんは、一見タコのように見えるけど本質的には精霊なのよ！　いわゆる上級精霊ってヤツね！」

『とはいっても特に精霊としての役割もなく自由に海中を漂っているだけなんですけどねー。プラティちゃんともそうしている時に出会ってー』

大ダコと友だちになっちゃうウチの妻。

「懐かしいわ……、あの頃のアタシはマーメイドウィッチアカデミアを中退したばかりで自由を満喫してたのよね。大海を泳ぎ回っていた先でクラちゃんと出会って……！」

『三日三晩殴り合って……！』

「絆《きずな》を結んでいったのよね……！」

嫁の友情エピソードが蛮《ばん》カラすぎる。

「意気投合したアタシたちはどこへでもつるんでいくようになって……。二人で七つの海を荒らし回り……」

『一繋《ひとつな》ぎの財宝を追い求め……』

「とにかく楽しい青春時代だったわ。でもいきなりどうしたのクラちゃん？　アタシが陸に住んでるって連絡したっけ？」

『してないわよー、もうプラティちゃんったら！　こないだ皇帝竜様のところで大騒ぎしてたじゃない？　私のところにも聞こえてきてさー』

「ああ、あれね」

アードヘッグさんのところで催された、三大種族の代表によるダンジョン攻略競争。

アレがけっこうな大イベントで、海中でもその噂《うわさ》が駆け巡ったらしい。

競争出場者の中に旧知を見つけて、それで縁を頼ってここまで来たと。

「やだクラちゃんったらー、そうまでしてアタシに会いたかったなんて友だち思いなんだからー！」

『私とプラティちゃんの仲なら当然でしょー？』

と八本の足をそれぞれくねらせるタコ。

しかしタコがこんな長いこと浜辺に留《とど》まってて大丈夫なのかな？

まあ本質的には精霊らしいし陸上呼吸もＯＫなのか。

『まあ、でも実のところは、プラティちゃんに久々会うついでにお願いしたいことがあってー』

「あら、何かしら？」

『この場所を探し求める途中で聞いたんだけど、プラティちゃんの旦那さんってとってもお料理が上手なんですって？』

なんか俺のことが話題に出た。

「えぇぇー？　上手って言うかー？　旦那様が作るごはんは究極的に美味《おい》しいわよ!!」

謙遜するかと思いきや全力で肯定した。

語調にやや自慢気味な感じが宿るのは気のせいだろうか？

まあ俺も、自身がプラティの自慢の種になれるなら嬉《うれ》しいが。

『よかったー。実はプラティちゃんに相談したいことって、料理上手な人を紹介してほしいってことだったのよー』

「料理？　なんで？」

プラティは首を傾《かし》げる。

「クラちゃんって結局タコだから、貝でも魚でもそのままバリバリ食べちゃうでしょう？　調理なんて必要ないんじゃ？」

食べることは食べるんだ。

精霊なのに。

とは思ったが、ウチに住む大地の精霊もケーキやらアイスやらバクバク食っておった。

『それはそうなんだけど、今回はちょっと事情があって、是非とも拵《こしら》えてほしいのよ』

大ダコは、そのつぶらな瞳に深淵《しんえん》なる輝きを浮かべて、言う。

『世界一美味しいタコ料理を』

「ちょっと待って？」

タコからタコ料理をリクエストされた。

どういうこと？

共食い？

あるいはみずからを捧《ささ》げる犠牲的な何か？

『待って待って、私の話をよく聞いて？　実は私にはね、ずっと以前から争い続けている永遠のライバルがいるのよ』

「永遠のライバル？」

それはまさか……。

タコの向こうを張る存在といえば……イカ。

やはりイカか⁉

『カニよ』

「カニかよ」

タコは基本的にカニの天敵だが、大きな種類のカニなら逆にタコを捕食することもあると聞く。

勝ったり負けたりの間柄なんだろうか。

『カニの上級精霊でマニゴル洞に住む巨蟹《きょかい》デスマスくんとは、プラティちゃんと出会う以前からの宿敵よ。そんなカニ野郎と今度は、こういうお題で争うことになったの』

――『タコとカニ、より美味しいのはどっち？』。

という。

それを傍《はた》から聞いて俺は脱力した。

自分自身を食われる側に置くほどに、勝負の内容が煮詰まってるってことか？

そんなに何度となく争って来たのか？

『これはタコ族のプライドを懸けた勝負よ。たとえこの身を食われることになったとしても、私たちはカニに敗北するわけにはいかないの!!』

食われた時点で自然界的には敗北なのでは？

「でも、味に関してはカニさんの方が圧倒的に上なんじゃない？」

「プラティ！　そんな言いにくいことをハッキリと!?」

いやでも……。

タコにとって認めがたいかもしれないが、カニはたしかに高級食材。

種類や大きさによって一万円超えることもあるという。出汁《だし》をとってもいいしナマでもいける。

キングオブ海鮮食材と言っても過言ではない。

それに比べてタコは……いや、俺は美味しいと思うけど。

地域によってはデビルフィッシュなどと称されゲテモノ扱い。

そのタコが、生存競争ならともかく食材としてのクオリティで競い合えば敵《かな》わないのは目に見えている。

美味《うま》いじゃんカニ。

めっちゃ美味いじゃん!!

『だから相談しに来たのよ！　素じゃ敵わないかもしれないけど工夫次第じゃ私たちタコだってカニの味を超えられるかもしれない！　人間たちにはそういう技があるんでしょう！　料理っていう！』

料理を何かの秘伝暗殺術みたいに言われた。

『プラティちゃんは昔から賢かったから、きっと何か知ってるでしょう!?　その料理が得意な旦那さんもいることだし！　お願いよ！　昔の友だちの誼《よしみ》で助けて！』

「いいでしょう」

二つ返事!?

「ウチの旦那様の偉大さを示すいい機会よ！　旦那様に不可能がないことを何度でも思い知らせてやるわ！」

「だー」

最初からプラティに抱きかかえられていたジュニアが賛同するように拍手を打ち鳴らした。

可愛《かわい》い嫁と息子から、あそこまで信頼されては何もしないわけにはいくまい。

では作ろうじゃないか！

異世界仕込みのタコ料理を。

「ちょっと待っていなさい。食材をとってくる」

「さすが旦那様！」

何を作るべきか頭の中では既にまとまった。

用意するのはソーセージ。

余った角イノシシの肉を保存するために常に作り置きしてあるぜ。

そのソーセージの下部に切り込みを入れて……切り込みを入れて、切り込みを入れて、もう一回切り込みを入れて……！

フライパンで焼く!!

切り込みを入れた部分が花開くように押し付けて焼き、できました！

「タコさんウインナー！」

使用しているのはソーセージですがそこはお見逃しください！

『いやそれ私を食材として一欠けらも使ってないじゃない？』

たしかに。

ではこういうのはどうでしょう？

トウモロコシで作った薄いパンに、様々な具材を乗っけて作った料理！

「タコス！」

『だからタコ使ってねえ!!』

ちなみにタコさんウインナーは出来上がった瞬間からジュニアの視線を独り占めしていた。

タコさんウインナーを見詰めるジュニアの瞳がキラキラしている。

やはりタコさんウインナーの子どもに対する求心力は天下一。

# タコ焼きパーティ



前回から引き続きでタコ料理に挑戦します。

タコさんウインナーとかタコスとか、ギャグに走りすぎて顰蹙《ひんしゅく》を買ってしまったからな。

夫の威厳を保つためにも、今度こそちゃんとオーダーを満たしたタコ料理を完成させねば。

で、タコ料理。

どんなのがあるかなと自分の記憶に検索をかけてみる。

酢の物、唐揚げ、和《あ》え物《もの》、煮物……。

美味《うま》いことは美味いがタコのオリジナリティを生かせるかというとやや疑問。

もっと『タコならこれ！』となるようなズバリの料理はないだろうか？

タコわさ。

美味《おい》しいよねタコわさ。

しかし酒の肴《さかな》の印象が強すぎる上にウチの農場まだワサビを生産していないから作れない。

本当そろそろワサビ作りに着手した方がいいかもな。

その上で他に何があるかというと……。

……そうだ。

これぞってヤツがあるじゃないか。

代表的なタコ料理……。

「タコ焼き!!」

あれこそタコオブタコというべきものだろう。

だし汁などを混ぜて練った小麦粉を専用の鉄製器具に入れて焼く。

上手《うま》いこと引っくり返して球状に焼き上げるアレだ。

中に入ったタコの歯応えがくせになる。

タコ焼きを提供してあげれば、あのタコさんも満足してくれるのは間違いない……いや、自分で言っておかしいということはヒシヒシ伝わってくるが……とにかくタコ焼きを作ってみようじゃないか。

食材的に不足しているものはない。

農場に備蓄してある食材で全部賄えるはずだ。

あえて足りないものがあるというなら。

「………タコ?」

肝心なものがないじゃないか。

さてどうしたものか。

食材としてのタコを手に入れたいなら漁に出るしかないんだが。

しかし肝心のタコ自体が既に目の前にいるんだよなー。

大ダコのクラーケンさんが。

どうすればいいの？

『ふふふ、困っているわねプラティの旦那様？』

おう困っているよ。

表情読むくらいなら、このいかんともしがたい状況をとっとと解決しやがってください。

『タコのお肉がいるなら私を遠慮なく使いなさいな！』

「うわあ、豪快」

クラーケンのタコ足の一本がひとりでにポロリと取れて、俺の眼前に転がった。

そして本体の方は、断面から新しい足が生え変わってくる。

それまでにかかった時間は精々三秒と言ったところか。

『私も精霊だから再生能力は高いのよ！　その足を使って存分に美味しいタコ料理を作って!!』

このタコがいれば一生食料事情には困らなそうだった。

さておき、せっかくだからこのタコ足で美味しいタコ焼きを拵《こしら》えるとするか。

……ああ、まだ駄目だ。

タコ焼きを作るのに必要なタコ焼き器がない。

あの円形の窪《くぼ》みがたくさん並んでるアレ。

タコ焼きを作る以外に用途がないから今まで何かの機会に作ったこともなく……。

「新造するしかないか」

原料は……またマナメタルでいいかな？

構造も単純だし、今回はドワーフさんたちの手を煩わせるまでもないと思って自分で作った。

割と大きめのものを作って、一度に五十個は焼けるようにした。

きっと業務用にも引けを取らぬはずだ！

貰《もら》ったタコ足を茹《ゆ》で上げて細かく切り刻み、生地を作って準備完了。

焼いてみるぜ！

「ほう……、またなんか不思議な調理法ねえ？」

「この丸い窪みに入ってるヤツをコロコロ転がしていくうちに丸くなっていくのだ。ボールみたいだ面白いな！」

いつものことでプラティとヴィールが嗅ぎつけ、続いてオークゴブリンエルフや人魚たち。

さらに学生たちまで寄ってきて大賑《おおにぎ》わい。

……露店のタコ焼き売りになった気分だ。

まあそれでも長年鍛え上げた俺の料理の腕はひるむことなく、上手いこと焼き上がったタコ焼きにドロドロのソースとマヨネーズ、そして最後に青のりをかけて完成！

「タコ焼きだ！　食らうがいい！」

「「「「わ～い！」」」」

次々タコ焼きに手を出していく農場の住人たち。

「美味しい！」

高評価。

「外はカリカリしているのに中はフワッと！　そして中心にはたしかに弾力と歯応えがある何か！

そうか、これがタコね!?」

「歯応えの重厚なハーモニーなのだ～！　この生地は小麦粉で作ったものだな！　さすが小麦は万能なのだ！」

ヴィールとプラティ以外にも、多くの人たちがハフハフ言いながらタコ焼きを頬張っている。

そして肝心のクラーケンも……！

『エクセレント！　凄《すご》いわこれよ！　この味よおおおおッ!!』

みずからタコ焼きを食して感動にむせび泣いていた。

なんともシュールな光景だった。

あれも自分の足を食らうタコと評していいのだろうか？

『勝てる！　これならカニ野郎がどんなものを出してこようが勝てるわああああッ！　ありがとうプラティちゃんの旦那様あああッ!!』

気に入って下さったら何よりということで……。

じゃあ、もっとジャンジャンタコ焼きを作っていくとするか。

生地もたくさん用意したし、今の三倍は作らないと到底なくなりそうにない。

タコも大分余っているし、食うヤツもたくさんいるしでセーブする必要もあるまい。

ガンガン焼いていくぞ！

これぞタコ焼きパーティだ！

「……となったら、具をタコに限定する必要もないかな？」

たくさん焼くならそのうちいくつかは冒険してみるのもよきこと。

変わり具はタコ焼きパーティの醍醐味《だいごみ》と言ってもいい。

闇鍋の気分でとんでもない変わりタコ焼きを作り出すのもいいかもな！

「では納豆はどうでしょう？」

いきなり出てきたホルコスフォン。

今回はオチが最初に来たか。

しかし納豆がいかなる状況でも美味しさを発揮する万能食材であることは、これまでいくらも繰り返されてきたオチでわかっている。

タコの代わりに納豆を入れる納豆タコ焼き！

やってみようではないか！

「美味い」

無論タコのような歯応えはないが、納豆独特の下味がタコ焼きにさらなる旨味《うまみ》を付加している。

やっぱり恐ろしいな納豆。

何にでも合う。

「では今度は、チーズなど入れてみてはどうでしょう？」

うむ、基本だな。

バターだとまた大地の精霊たちが騒ぎ出すし、どうせ熱で溶けてこぼれ落ちていくだろうから、ここはチーズでよかろう。

チーズタコ焼き。

これも美味い。

「同じ肉類で、細かく刻んだソーセージを入れてみるのはどうです!?」

「エビを入れましょうエビ！」

「シイタケなんか入れても変わった食感が味わえるのでは!?」

「おもち！　おもち！」

「ラーメンを入れてもいいのだ〜!!」

論百出し、どんどん賑やかになっていく。

いかなる具材でも包み込み、美味しさに変えてしまうのがタコ焼きの包容力であり強みであろう。

こうやってワイワイ言いながら焼いて食っていくのも実に楽しいいし、いいなタコ焼きパーティ！

せっかく作ったタコ焼き器も二度と使わないのはもったいないし、定期的にパーティするか。

ただ一つ問題があるとしたら……。

『ねえ、中にタコを入れなかったらタコ料理にならないんじゃない？』

クラーケンが恨みがましい視線で俺のことを見詰めていた。

『これがタコ料理にならないとカニとの勝負に使えないんだけれど？　ねえいいの？　これタコ焼きでいいの？』

そもそも中にタコが入っていなければタコ焼きですらない。

クラーケンの冷めた視線にさらされながら、ちょっとやりすぎたかなと反省する俺であった。

# S級訪問



色々あったが冬到来。

この農場で迎える冬も数度目となり、すっかり慣れてきた感じ。

大地の精霊たちは冬ごもりのためにしばしの別れ。

オークたちは畑仕事の止まるこの時期を生かして遠洋漁業に向かう。

そんな風にして少し広くなってしまう冬の農場。しかし寂しく感じる暇はない。

冬にだってやることはたくさんあるのだから。

その一つとして、俺たちは本日客人をお迎えしている。

ついこの間アードヘッグさんの新・龍帝城でも対面した。

S級冒険者の方々だ。

「うわー、すげー！」

「S級冒険者が揃《そろ》い踏《ぶ》みだあああぁッ!?」

S級冒険者とは。

冒険者ギルドに所属する冒険者の中で最高の経験と実力を持つ者たちのこと。

『S』の等級を与えられし者は現状五人しかいないという。数万人はいるという全冒険者の中でもたった五人。

それだけに存在は憧れの的で、彼らの訪問にもっとも沸き返ったのはやはり同族である人族の若者たちであった。

「シルバーウルフ講師！　ご無沙汰してます！」

「ゴールデンバット様、麗しいわああああッ！」

「あれがブラックキャット！　もっとも色っぽい冒険者!?」

我が農場には、社会の未来を担ってもらうために勉学に励む若者たちが住んでいて、人族の子らも一定数いる。

そういう前途有望な子たちにとって、最高の実績を持つS級冒険者はまさに憧れであろう。

若い魔族たちが四天王を目指すように。

若い人魚たちが、いずれは自分も魔女になりたいと願うように。

人族の若者たちにとってS級冒険者は、いずれなりたい夢の自分であるに違いない。

「いや、そうでもないです」

「オレには仕える主人がいるので。風来坊の冒険者になるつもりはないです」

あ、そうなの？

そういや農場に差し出された人族留学生って、領主の子弟だったりお気に入りの家臣だったりらしいから。

働き口が安定しているのにわざわざフリーランスの冒険者を目指す必要ないか。

「聖者様、今日はお招きいただきありがとうございます」

そう言うのはシルバーウルフさん。

俺たちにとっては一番馴染《なじ》みの深いS級冒険者だ。

ここ農場に来たのも、この人だけは初めてではない。二度目の訪問だし、何事もこの人を介して話を進めていくのがもっともスムーズなようにも思える。

「いきなり呼びつけてすみません。シルバーウルフさんも忙しいでしょうに……？」

「この農場に来れるんなら、どんな厄介事も放り出して飛んできますよ。我ら冒険者にとって、この農場は理想郷のようなものですから……！」

え？　そうなの？

なんで？

それはともかく、今日はシルバーウルフさんの他にも個性的なS級冒険者の方々が同伴しているため益々《ますます》大変だ。

向こうで早速騒ぎが起きている。

「ぬごおおおおおおッ!!」

「がにゃあああああッ!!」

なんだなんだ獣のような唸《うな》り声《ごえ》をあげて？

『討ち入りか？』と思ったら、なんかがっぷり組み合って力比べをする二人がいた。

そのうちの一人がピンクトントンさん。

新・龍帝城でビッグイベントを演じ、一躍注目を浴びたイノシシの獣人女性。

そんな彼女を向こうに回し、一歩も引かずに押し合っているのは農場代表のレタスレートだった。

「ぐがががが！　小さな体で大したパワーですねえ！　これなら私が立ち上げる新団体の花形に相応《ふさわ》しいですよ！」

「アナタこそ、いい体つきいい根性じゃない！　私と一緒に豆を栽培してみない!?」

なんで訪問するなり力比べしているんだアイツら？

見かねたシルバーウルフさんが説明してくれる。

「ピンクトントンは、前回のイベントで味を占めたのか『興業する』と言い出しまして」

「興業？」

「龍帝城で魔王妃とやったような大勢の見ている中で試合するのをビジネスとして成立させようという目論見《もくろみ》らしいです。それでもって職を失った傭兵《ようへい》たちの再雇用を図ろうと……」

龍帝城でグラシャラさんとしたような？

それってもしや……？

プロレス……!?

「元々彼女は、戦争終結で路頭に迷った傭兵や騎士の救済に力を入れていましたので……。S級冒険者になったのも、転職した元傭兵たちを取りまとめるのが目的だったそうですし……」

「なんだか感心する話ですな……!?」

「S級冒険者の中ではかなりまともな方です」

そうして話している間にもピンクトントンさんとレタスレートは体勢を変え……。

……おっと、より体格の小さいレタスレートが、ピンクトントンさんの巨体を持ち上げ……。

ブレーンバスターを決めた!?

小兵《こひょう》が大兵《だいひょう》を制するというありがちな逆転展開に、周囲に集まって観戦している連中は思わず盛り上がる。

レタスレートのヤツも、元はお姫様だけあって顔はいいし花はあるし、デビューしたら相当なアイドルレスラーとなることだろうな……!?

何より最近豆パワーのおかげでどんどんパワーキャラになってきているし。

いや、そういう話じゃねえよ。

「ピンクトントンも冒険者を辞めるわけではなく、各ダンジョンを渡り歩くついでに巡業もできれば収入も安定し、民衆からも受け入れられるだろうと言っています。冒険者の新たな営業展開になるかもしれませんな」

「しっかりしすぎじゃないですかね彼女……!?」

そのうち人族と魔族でそれぞれ団体を立ち上げて、それらの対決で盛り上げて荒稼ぎするようなビジョンが浮かんでくるのだった。

まあ、ピンクトントンさんのことはひとまず放っておこう。

だって今日の訪問者は彼女一人ではないのだから。

「聖者さんお久しぶりー!」

「おう久しぶりっすー!」

と気さくに話しかけてくるのは、同じくS級冒険者のブラウン・カトウという人。

彼とは前回のイベントですっかり意気投合してしまった。

「ファイトー！」

「いっぱーつ！」

と掛け声かけあう。

「しっとの心は！」

「父心！」

「押せば命の泉湧く！」

「見よ！」

「『しっと魂は暑苦しいまでに燃えている!!』」

打てば響くように応酬されるよくわからない文句。

まるで互いに、相手が次に何を言ってくるか知っているかのように。

それもそのはず、このブラウン・カトウさんは俺同様に異世界から召喚された元・勇者。

そしてこちらの世界でS級冒険者までのし上がったという。

世代も俺と似通っているだけに、ヒットするネタが丸被《まるかぶ》りしている。

なので前回のイベントですっかり意気投合してしまったのだった。

「いやはや、さすがですね聖者さん。しっと団のテーマまでしっかり復唱できるなんて!!」

「あの雑誌毎月買ってましたからね！　次はアレやりましょうよ！　鉄骨娘ごっこ！」

という風に前いた世界の思い出に浸って、ごっこ遊びする俺たちなのであった！

やっぱり同郷の人との付き合いも楽しいものだなあ！

「今日はカトウさんのためにご馳走《ちそう》もたくさん用意しましたからね！　たくさん食べていってください！」

「ひゃっほう！　ハンバーグにカツ丼、うどん天ぷらまでえええッ!!　二度と食えないと思ってたものばっかりだあああ!!」

前の世界の料理は、初めてそれを味わう人より既に味を知っている人の方が益々好評だった。

カトウさんは反応が鮮明で、益々腕の振るい甲斐《がい》があるなあ。

デザートにケーキも拵《こしら》えておくか。

甘いもの類は高確率で女の子たちに横取りされていくけれどな。

「………おい」

などと俺が浮かれていると、突如横から声をかけられた。

冷たく不機嫌な声だった。

「いつまでも浮かれていないで本題に入ってほしいところなのだがな」

と言うのは、これまたS級冒険者の一人でもっとも偉そうな態度のゴールデンバットさん。

龍帝城ではイベント後にこってり説教されていた輩《やから》。

「S級冒険者であるオレたちが、忙しい中わざわざ訪れてやった理由を忘れてはいまいな？」

「そうにゃそうにゃーん！　私たちの時間は安くはないにゃーん!!」

そしてもう一人、猫の獣人ブラックキャットさん。

この計五名でS級冒険者は組織される。

「おい貴様ら、せっかく招いてくれた聖者様に対してその口の利き方は……!?」

相変わらず苦労人ポジションのシルバーウルフさんが気苦労する。

そして相手が突っぱねるのも相変わらず。

「フン、呼びつけたのはそっちからだろう。ならば我らを誘い出すためのエサをさっさと披露してはどうだ?」

「そうにゃーん！　私たちはアレがあるから時間を割いてきてやったにゃん！　S級冒険者のスケジュールは秒刻みにゃんよ！」

と不機嫌な冒険者たち。

彼らが何をそんなに求めているかというと……。

「招きに応じて、ここへ来たら……！」

「誰も知らないまったく新しいダンジョンに入れてくれるって話だったにゃーん！　四の五の言わずに、さっさと入れるにゃーん!!」

「聖者様、本当に申し訳ありません。アイツら自分の興味しか頭にない勝手者たちで……！」

シルバーウルフさんが冷や汗搔《か》き搔《か》き平身低頭。

いや……狼《おおかみ》の獣人で顔中毛むくじゃらの彼が冷や汗を搔いているのかどうかもわからんが。

「かまいませんよ。彼らの言う通り、こっちから呼びつけたんですからね」

まずは願い出た方が代償を支払うのが道理だろう。

五人のS級冒険者のうちピンクトントンさんとカトウさんはそれぞれ一番の興味が別にあるようだから、置いておいて彼らだけを案内することにした。

「フン、冒険者たる者が冒険以外に気を取られてどうするというのだ？　これだから俄《にわ》かでS級になった連中は……」

「そうにゃーん！　冒険者が考えることと言えばダンジョンのことだけで充分にゃーん！」

恐らく冒険者という職業としては彼らの方がスタンダードなのだろう。

ダンジョン探索のために発祥した冒険者という職業。

その極限に達したのがS級ならば、ダンジョンをこそ最優先に置くのもまた道理と言える。

それを利用して、彼らをここまで連れ出すことに成功したしな。

目論見《もくろみ》通りというヤツだ。

そして……。

「到着しました。こちらです」

「「ふぉおおおおおおおおッッ!?」」

昂揚《こうよう》する猫とコウモリ。

入り口だけ見てこんなにテンション上がれるものなのか？

「本当にあったにゃーん!!　ダンジョンにゃーん!!」

「うぬうううううッ!?　オレの知らない未発見ダンジョンが本当にあったとは！　屈辱だが心躍るうううううッ!!」

なんか尋常じゃないぐらい身悶《みもだ》えしている。

ダンジョンフェチ。それがS級冒険者の条件なのか？

『おやおや、騒がしい来客ですの』

ダンジョンの奥底から出てきたのは、ミイラのごとく干からびた人間の死体。

死体ではあるがみずから動き、喋《しゃべ》りもする。

最強最悪アンデッド、ノーライフキングの先生だった。

「ノーライフキングだああああああッ!?」

「主のいるダンジョンにゃあああッ！　超レアにゃあああああああッ!!」

落ち着け。

驚きぶりがあまりにも過剰で、傍《はた》から見ている俺が引くレベル。

「スミマセンスミマセン！　アホどもが自嘲せずにスミマセン……!!」

シルバーウルフさんが身内の恥に恐縮しまくりだが、かまいませんよ。

それにシルバーウルフさんだって初訪問の時はこれぐらい騒がしかったし。

「彼らに来てもらうための条件が、農場にあるダンジョンの探索許可ですからね。むしろ、これぐらい喜んでもらえないと目的達成になりませんよ」

目論見の次の段階に進むためにも。

「フッフッフ……」

ダンジョン探索は、冒険者の仕事であり存在理由。

その最上級というべきS級ともなれば、それが習性にまで極まっていてもおかしくない。

その推測通り、標準的な冒険者であるゴールデンバット、ブラックキャットの二名は、いまだ公になっていない未発見ダンジョンがあると知らされれば、直《じか》に確認せずにはおけない。

しかもそれが、主の住む超レアダンジョンともなればなおさらのこと。

「主ありダンジョンは、それだけで五つ星に認定されること間違いなしの最上級ダンジョンにゃーん!!　ズルいにゃ！　シルバーウルフくんズルいにゃーん！　こんな凄《すげ》えダンジョンの存在を知りながら隠していたなんてズルいにゃーん!!」

「そうだぞ！　冒険者には発見した未知ダンジョンを報告する義務がある！　S級冒険者の風上にも置けない裏切り行為だ！」

非難囂々《ひなんごうごう》のシルバーウルフさん。

「そのルールは所詮ギルドの内側でのことだろう。このダンジョンは既に冒険者ギルドを遥《はる》かに超える力の持ち主が管理しているのだから、そちらに従うのが筋だ」

しかしながら真っ向から批判を跳ね返す彼も、さすがＳ級の貫禄《かんろく》の持ち主だった。

「貴様、それでも冒険者かあああああッ!?」

「Ｓ級となれば冒険者全体の利益と安全も考えなければならないのだ。お前らこそ頼むからそっちに考えを巡らせろ」

「嫌にゃ！　私は死ぬまで自分のことしか考えないのにゃ!!」

「コイツら……!?」

この自分本位な方こそがオーソドックスなＳ級冒険者というのだから、同じくＳ級冒険者でありながら周囲を気にするシルバーウルフさんの気苦労は計り知れない。

さすが『クローニンズ』の一人に数えられることはある。

「今思えば、アレキサンダーさんが彼を講師に選んだのも根拠あってのことだったんだなあ」

シルバーウルフさんが先んじて農場に招かれたのは、ウチにいる学生たちにダンジョン探索の心得をレクチャーしてもらうためだったが。

今目の前にいるゴールデンバットやブラックキャットたちではそれは絶対務まらなかっただろうなと確信できる。

「ゴチャゴチャ言ってる場合じゃない！　未発見ダンジョンが目の前にあるなら何はともあれ探索あるのみ!!」

「穴があったら入りたくなるのが冒険者にゃーん!!」

このダメ人間のスタンダードども、周囲への配慮そっちのけで願望を満たすことしか頭にない。

「お騒がせして申しわけありません先生!!」

『いやかまわんよ、シルバーウルフ殿にはうちの生徒たちが世話になったでの』

シルバーウルフさんの積んだ徳が、赤の他人どもによって消化されていく!?

『しかしよいのかの?』

「え?」「はいにゃ?」

『この土地にあるダンジョンは、ワシの住むここだけではないぞ。ほんの少しだけ移動した先に、もう一つのダンジョンがあってな』

「「えええええええええッッ!?」」

『あっちは山タイプ。しかもドラゴンのヴィールが治める広域ダンジョンじゃ』

「「何だってえええええッ!?」」

先生、揺さぶりかけるのがお上手で。

爆弾発言を受けて益々《ますます》興奮する一流の冒険者ども。

「ドラゴンが治める!? それって、そこも主ありダンジョンってことではないか!?」

「概要だけで五つ星確定にゃーん! 主ありダンジョンがこんなに隣接するってありえるにゃーん!? しかも洞窟タイプと山タイプで色分けできてるにゃーん!!」

「もしこの辺りに適度なダンジョン管理都市ができれば、王都を凌《しの》ぐ賑《にぎ》わいになるぞ! スーパーダンジョン都市！　ダンジョン新時代の突入だあああ!!」

門前に立っただけで沸き上がる一流冒険者ども。

その勢いはもはや余人がついていけない段階に入る。

「興奮するのはかまわんが、いい加減に中へ入らなくともよいのか？　ダンジョンで大事なのは中身だろう？」

汎用性のある言い回ししてくるシルバーウルフさん。

「たしかにその通りだ！　内部が充実してこそのダンジョン！」

「採取できる素材が何もないダンジョンなんてクソにゃーん！　このダンジョンのお手並みをとっくりと拝見させてもらうにゃーん!!」

二人のテンションはまさに新作ゲームを買ってもらった子どものよう。

胸ときめかせてゲーム機の電源を入れるかのようにダンジョン内へ足を踏み入れんとするが……。

「だが、ちょっと待ってほしい」

「なんにゃーん!?」

おもむろに引き留めるシルバーウルフさん。

「よく考えても見ろ。ここはノーライフキングの先生が支配する主ありダンジョンだぞ？」

『そうじゃな』

ダンジョン主である先生御本人からして同意された。

「普通主ありダンジョンと言えば、数ある中でももっとも危険なダンジョン。何故《なぜ》なら主であるノーライフキングかドラゴンに遭遇しただけで死が確定するからだ」

「ふん、何を言いだすかと思えば。そんな初心者でも知ってることを言い聞かせて何様のつもりだ？」

「主が怖くてS級冒険者は務まらないにゃーん」

ダンジョン主は本来、冒険者にとって最高の恐怖。

遭遇と死が直結している万能者。そしてダンジョンに潜ることを生業としている冒険者は、上を目指す限りダンジョン主は避けて通ることのできない障害なのだ。

「その障害を乗り越えた者だけがS級冒険者になりえる！」

「そうにゃーん！　ダンジョン主は遭遇したら死あるのみだけど。ならば遭遇さえしなければ何も問題ないにゃん！　要するに逃げまくればいいにゃん!!」

彼らはそうすることでS級冒険者にのし上がった者たち。

無論全冒険者の中でもダンジョン主……ノーライフキングかドラゴンを倒したことのある者など一人としているわけがないが、倒せないなら逃げ切ればいい。

……ということだった。

「S級冒険者たる我ら！　ダンジョン主に追い回された経験だって一度や二度ではない！」

「全部逃げ切ってやったにゃん!!　私たちのお耳やお鼻を駆使すれば、遭遇する前に気配を察して距離をとるなんて朝飯前にゃん!!」

奇《く》しくも構成メンバーのほぼ全員が獣人というS級冒険者たち。

それはただの偶然というわけではなく、獣の因子が交じっているからこその鋭敏な感覚で何度も命拾いしてきたということだった。

恐ろしいダンジョン主にも出会いさえしなければ問題ない。

そんな意識で主ありダンジョンに挑んできた彼ら。

「しかし、今回はそういうわけにもいかないがな」

「え？　なんでにゃん？」

「我々はもう既にダンジョン主と遭遇しているのだから」

シルバーウルフさんの指摘に、全員の視線が一点へと集まる。

干からびたお顔がしかし朗らかな、ノーライフキングの先生の下《もと》へと。

『ようこそ』

「もう目の前にいるにゃあああああんッ!?」「オレたちもう死んでたああああああッッ!?」

ダンジョン主との遭遇が死を意味するのなら、彼らはとっくに死んでいた。

ラスボスが入り口まで出迎えしてくれるダンジョン。

というと何やら至れり尽くせりな感じではあるが、別の見方をしたら始まった瞬間ゲームオーバーと言うこともできる。

なんとも斬新なダンジョンだった。

「悲しいにゃーん！　始まった瞬間終わりなんて悲しいにゃーん!!」

「卑怯《ひきょう》だぞ！　主と言えばダンジョンの最奥で待ちかまえているものじゃないのか!?　それが何で入り口にいる!?」

S級冒険者のブラックキャットさんとゴールデンバットさん。

初見ダンジョンの探索無事終了。

理由、ラスボスが入り口にいたから。

初見殺しとかハメ技とかが可愛《かわい》く思えるほどの極悪設定。

先生のダンジョンに無断で挑む者は皆こうやって死ぬのだ。

「しかし！　どんなダンジョンにも攻略法は必ずある！」

「「な、なんだって!?」にゃん!?」

シルバーウルフさんがしたり顔で言う。

「ヒントをやろう。このダンジョンのノーライフキングはただのノーライフキングではないということだ！　強さという点でもそうだが、そもそも普通の凶悪残忍な不死王と遭遇したなら我々はここまでダラダラと話し込めるものか!?」

「そう言われればたしかに……？」

「今までの経験から鑑みるに、私らとっくに皆殺しにされてないとおかしいにゃー……」

しかし彼らは生きている。

それの意味するところは……。

「つまり先生は、普通では考えられない話の通じるノーライフキングなのだ！　礼儀を尽くしてお願いすれば、ダンジョンに入ることを許可してくれる!!」

シルバーウルフさん……？

「ヒントって言いつつ、答え全部丸明かししてるじゃないですか？」

「『礼儀を尽くす』『お願いする』とかいう発想がコイツらから出てくるのかっ？　て語っている途中から不安になったものだから……！」

この二人の態度とか見ているとシルバーウルフさんの危惧は大いに同意できた。

「せっかく友好的な先生に失礼な態度をとったらどうしようもないし、ここは私が率先して模範を示し……！」

シルバーウルフさん、先生に向かって頭を下げて言う。

「ダンジョンを探索させてください！　お願いします！……そら、お前たちも倣わんか！」

「お、お願いしますにゃーん!?」

シルバーウルフさんの迫力に圧《お》され、頭を下げるS級二人。

それに対して先生は。

『うむ、いいよ』

「「「やったー!!」」」

いつものように寛大だった。

いつも通りの先生だ。

『礼儀作法は大事なのでな。お前たちも一等の肩書きを持ち合わせるなら、それに相応《ふさわ》しい立ち居振る舞いで後輩たちの模範となるのじゃぞ』

「はい、わかりました！」

返事がいいのはシルバーウルフさんだけだった。

「よーし！　許可が出たから早速探索に行くのにゃーん!!」

「最初に最下層へ達するのはオレだ！　発見が叶《かな》わなかったらせめて制覇はオレが初達成する!!」

他の二人はもう興味がダンジョンに絞られ、他のことなどかまいもせぬと突入する。

「もうヤだコイツらあああああッ!!」

泣き崩れるシルバーウルフさん。

『おぬしも苦労しておるのう』

そんな彼を、先生が肩に手を置き慰めた。

＊　＊　＊

そしてダンジョンへ本格突入する一流冒険者二人。

しかし人間としても一流かと言うと、二つは必ずしも一致しない。

「おおおおッ！　ダンジョンの内部は整っているぞおおお!!」

「主ありダンジョンの基本的特徴にゃあああんッ!!」

「出てくるモンスターが秩序だってるぞおおおお!!」

「欲しい素材がある時狙いやすいにゃああああああああんッッ!!」

「行き止まりがあるぞおおおお！」

「こっちには階段があるにゃあああああん！」

「階段下りるぞおおおお！」

「下りたら上がるにゃああああああ!!」

感動しすぎて日常の何気ない一つ一つが大切なことみたいになっとる。

嬉々《きき》としてダンジョン探索するゴールデンバットさんとブラックキャットさんは、まさにテーマパークへやってきた子ども並みのハイテンションであった。

「まあ、生粋の冒険者が初めてのダンジョンに入ったらああなるよな。仕方ない」

シルバーウルフさんが黄昏《たそが》れるように言うのだった。

先生のダンジョンは、俺たちが素材回収しやすいようにかなりまとまって整理されている。

だから行こうと思えば最下層まであっさり行き着けてしまう。

ゴールデンバットさんとブラックキャットさんの二人も、そもそもが一流冒険者であるだけにあっさり制覇。

それでも出てくるモンスターの貴重さに圧倒のご様子だった。

「よぉし！　次は近くにあるというドラゴンのダンジョンだ！　行くぞブラックキャット!!」

「ちょっと待つにゃん……！　感動しすぎて脇腹が痛いにゃん。休憩挟むにゃん……！」

「ああもう！　これだから三流冒険者は……!?」

そしてなおも新たなダンジョンを求めようとする貪欲さ。

その飽くなきハングリーさが彼らをS級まで押し上げたのか……!?

「しかし感動するだけ屈辱的だな……。何故《なぜ》このダンジョンを最初に発見したのがオレではないのだ……！」

なんかよくわからない文句を言うS級冒険者の人。

「ゴールデンバットは、新発見ダンジョンの最多記録を持っているからな」

シルバーウルフさんが説明してくれる。

「誰の目にも触れてない未発見ダンジョンを見つけ出すのは、冒険者最大の功績の一つなんだ。その功績を何度も積み上げてきたヤツにとっては、自分以外の誰かが新発見をするのは悔しいことなのだろう」

このダンジョンは俺始め色んな人の目に触れてきておりますが……!?

『たしかににゃー！　コイツの探究心は場合によっては迷惑なのにゃー！』

「うわッ？　博士？」

ブラックキャットさんの発言かと思ったら違った。

いきなり肩に飛び乗ってくる猫。

ただの猫と思うなかれ、姿形こそ猫であるが、その正体は不死の王ノーライフキングの一人、その中でももっとも長く生きる通称、博士だった。

「うわー、博士にゃん！　お久しぶりですにゃん！」

『貴様も、日々弛《たゆ》まず猫道を研鑽《けんさん》しておるかにゃー？』

ブラックキャットさんと博士。

同じ猫キャラとして二人揃《そろ》うとにゃーにゃー煩《うるさ》い。

こないだのダンジョン攻略競争で遭遇して以来なかよしになった模様。

「それよか博士、さっきの口ぶりは何です？　なんだかこの人を知っていたかのようですが？」

「はあ、何を言っている？　しゃべる猫の知り合いなどブラックキャットだけで充分だぞ？」

ゴールデンバットさんも博士と面識はない模様。

『まあ、知らないのも無理ないにゃ。記憶を消してるからにゃー』

「え？」

『コイツのダンジョン発見癖はいい迷惑なのにゃ。ワシは自分のダンジョンを人目に晒《さら》したくないのに、迷惑顧みず見つけ出してくるからにゃー』

そういえば前に言ってたっけ。

博士は、あまりにも長く存在し続けて朽ちかけになった本体を、自分のダンジョンに封印して隠している。

そこから精神波的なものを発して、受信した猫を通して世界を見ているのが博士だ。

つまり本拠地に隠された本体は、博士の急所であって居場所を知られてはマズいのだ。

『博士のダンジョンがどこにあるか、正確な位置はワシも知りませんの』

先生ですら把握できていない、完全未知の博士ダンジョン。

「そんなダンジョンがあるなら必ず見つけ出してやる！　オレの次の目標は決まったな!!」

話を聞いて喜び勇むゴールデンバットさんであったが……。

『見つけてくるから困っているにゃ』

「え？」

『それも何度も何度も。見つけられるたび記憶を消して人里に帰しているというのに、それでもまた見つけてくるから厄介にゃ。かれこれ十回以上は記憶消してるにゃ』

「え？　え？　えええ？」

自分でもわけがわからず、目をパチクリさせるゴールデンバットさん。

居合わせたシルバーウルフさんやブラックキャットさんも圧倒され言葉を失う。

『しかし博士も情け深いですのう。他のノーライフキングなら自分の領域を侵された時点で殺しておるでしょうに』

『殺したら殺したで、あとのヤツが続いてくるから厄介なのにゃ。記憶ごとなかったことにするのが一番いいのにゃ』

つまり、このダンジョン新発見が得意なS級冒険者は、自分が忘れたことにも気づくことなく、同じダンジョンを新発見してきたと？

その事実すら忘れていると。

『この際だから言っとくけど、ワシのダンジョンはもう見つけてくれるなにゃ。そのたび記憶消して送り返して面倒なのにゃ』

「オレは、実は自分でも知ってる以上にダンジョンを発見していた……!?」

同じのを何度もな。

彼も彼で恐ろしい才能と精神の持ち主なのかもしれない。

『ついでに言っておくと、ここのダンジョンもそうにゃ。聖者は、自分の住処《すみか》が大っぴらになることを望んでいないにゃー』

『そうですな、ワシやヴィールのダンジョンが冒険者ギルドに登録されたら、聖者様の農場も騒がしくなるでしょうな。聖者様に迷惑をかけてはなりませぬ』

先生まで一緒になって言う。

『今日もコイツらの記憶消しとくにゃー、それが一番後腐れないにゃ』

「ええええええええッッ!?」

それを聞いてダンジョンジャンキーの二人、ゴールデンバットさんとブラックキャットさん揃って世界の終わりのような悲鳴を上げる。

「そんな待ってくれ！　こんな素晴らしいダンジョンと出会えたというのに、忘れてしまうというのか!?」

「それはないにゃーん!! 勘弁してくれにゃん! 私と博士の仲にゃん!?」

縋《すが》りつくが、相手は絶対者。

そこを忘れてはいけない。

彼らがこうと決めたら、普通の人類にはどうしようもないのだ。

『……まあワシらも鬼ではないにゃー。条件を二つ三つ飲めば、お前らの記憶には手を付けずにいてやってもいいにゃ?』

「本当にゃん!? さすが博士は話がわかるにゃーん!!」

にゃにゃんにゃ煩い。

『一つは当然、ここのことを誰にも言わないことにゃん。でも他にもお願いしたいことがあるにゃん』

「何でも言ってくれ! この素晴らしいダンジョンにまた潜れるんなら、どんな約束でも交わしてやろう!」

『今、何でもって言ったにゃ?』

実はここまでが計画通りであった。

そもそも、何で俺たちはS級冒険者の皆様をお招きしたか?

その目的が今まで語られてこなかったが、そろそろ判明させる頃合いだ。

これから始める新しい催しごとに、是非とも彼らの協力が必要だったので……。

上手《うま》いこと交渉してみた。

# 番外編　苦労人たちの酒盛り



S級冒険者シルバーウルフ。

魔王軍四天王『貪』のマモル。

『アビスの魔女』兼人魚宰相ゾス・サイラ。

生まれも育ちもまったく似通ったところのない三者だが、しかし意外なところで酷似している点がある。

苦労人だということだ。

どこにでもいる。職場であろうと教室だろうと、何故《なぜ》か他より余計に苦労している者たちが、必ず一人はいるもんだ。

自分から苦労をしょい込んでいる、みたいな。

まったく異なる環境で同じように苦労してきた者たちが、あるきっかけから出会い、当然のように意気投合した。

同類相憐《あわ》れむものである。

彼らはお互いの厳しい環境を察し、慰め合い讃《たた》え合うことですぐさま固い絆《きずな》が結ばれるようになった。

そして友となる者たちがすることとしたら……そう、酒盛り。

『生まれた日は違えども、同じ日に死すべし』と言って盃《さかずき》を酌み交わすのだ!!

「かんぱーい!」

「めでたい! 同じ苦労を背負った同志をえることはめでたい!」

「友と酌み交わす酒は美味《うま》いのう!」

「美味い! さあもう一杯!」

三人とも、宴会の朗らかな雰囲気に浮かれ気味だ!

やはり悩みの共通する人同士、気持ちが通じるというのは嬉《うれ》しいらしい。

こちらで用意したお酒も見る見る減っていく。

しかも度数の高い酒が減っていく。

「プッハー! こんなに美味い酒、職場の付き合いで飲んだことはなかったなーッ!」

「飲んでる最中も、誰かが何かやらかすんじゃないかって不安ですもんねーッ!」

「気分もそうじゃが、聖者のとこで作られている酒だから余計に美味いわい。世界最高順位のクオリティじゃからのう!!」

「いやー、そう言ってもらえると照れちゃいますよー」

「「「………」」」

ん?

アレ何?

急にお三人様が押し黙ってしまったんだが。

しかも三人、ブレもなく視線が一点に集中しておる。

その非難がましい視線の集まる先は……俺？

「さっきからセリフが一つ多いと思っておったが……」

「どうしたんですか聖者様？　ここは我々苦労人たちの集いし宴《うたげ》ですぞ？」

そうです。俺、聖者です。

やだなあ苦労人の皆さんそんな侵入者を見つけ出したような顔をしなくても。

部外者？

いや、とんでもない！

俺もまたこのクローニンズの宴に加わる資格があると思って馳《は》せ参じたんですよ！

アイアム同志!!

よって俺も、苦労人たちの宴に参加する資格があると思い!!

「聖者様が、苦労人？」

そんなあからさまな『何言ってんだ、この人？』的な顔をしなくても。

お疑いになるかもわかりませんが、俺だってなかなかの苦労の末に今があるんですよ！

何しろ異世界に召喚される前は現代社会を生きる会社員……即《すなわ》ち社畜であったので。

毎日決まった時間に起き、決まった時間電車に揺られ、会社にて言われるままの作業を淡々とこなしていくだけの毎日。

給料は少ないし休みもない。昇進しても作業量と責任が増すだけで未来への希望もない。仕事自体も楽しいと思ったことはない。職場と家が離れすぎてて通勤時間が往復数時間もかかるから帰宅してからの自由時間も僅かなもの。

そんな夢も希望もない真《ま》っ只中《ただなか》を頑張ってきた、異世界召喚される前の俺!!

どうです俺可哀想《かわいそう》でしょう!?

苦労人でしょう!?

「「「…………」」」

あれ？　何です？

そんな呆《あき》れ？　あるいは憐れみのこもったような目で見て……。

「まあ、聖者様も色々あって今日までやってきた、というのはわかりましたが……」

「我々は絶賛ただ今、苦労のただ中にいる者たちの集まりなので……」

「ぬしは、こっちの世界にやってきて全然苦労とは縁がないじゃろう!!」

それは……たしかに。

このファンタジー異世界において農場開発に従事してきたけれど……大変だったことはたしかだ。

しかしながら農場での生活は頑張った分だけ充分に、得られる成果は一目瞭然でわかりやすかった。

頑張るだけ充実感が得られた。

『あッ、これがやり甲斐《がい》かあ！』と生まれて初めて思ったものだ。

そうだな……過去はいざ知らず現状の俺は充分に満ち足りて、苦労とは無縁のところにいるよな!!

ストレスなど一切なく、自由気ままな毎日だ!!

「そうそう、それで言えば我々だって、かかる責務には恵まれていることよ」

苦労三人衆もなんかうんうん頷《うなず》く。

「私も冒険者は天職だと思っているし、幸運にも恵まれてS級まで上り詰めることはできた。駆け出しの頃からの夢が叶《かな》ったともいえる」

「私は、自分が将来四天王になるなんて夢にも思わなかったが、それでも正しい人生の選択だったと思っている。大切な人を守れたし、四天王としての職務も充実しているしな」

「わらわは人魚宰相になる気もなかったし、何なら今でも辞めたいぞ!!」

なるほど、三人とも今の自分の仕事に不満を持っていないいってことだよね。

それどころかS級、四天王、宰相と明らかにそれぞれの道の頂点に到達して、傍《はた》から見ても充分な成功者だった。

あれ?

そう考えると彼らのどこが苦労人なんだろうか?

そりゃあ重要なポストに就くために人並み以上の労力は払っているだろうが無事、栄職に就くことができたからには報われた労力ではなかったろうか?

それだと偉い人は皆苦労人になるが、世の中そんな風には呼ばれていないし……。

果たして、ここに集っているクローニンズたちの、真の苦労の要因とは?

「そう……、苦労には原因があるものだ。たしかなな……」

「わかります、わかりますぞ……！　一杯どうぞ」

「かたじけない」

酒を酌み交わすシルバーウルフさんとマモルさん。

そんな心が通じ合っているような。

「大体の場合苦労の大本になっているもの……それは人間関係!!」

「その通り!!」

「わかる、わかるぞぉおおおおッッ!!」

苦労人が集まると何が起こるかっていうと盛大な愚痴大会。

わかり切っていたことだった。

酒が入れば口も滑らかになるものだし、ここはいい機会だから腹の中に溜《た》まってるモノ一挙に吐き出してしまえよ。

「ではまず……」

シルバーウルフさん、酒杯とご馳走《ちそう》の並んだテーブル上に、何かしらをゴトッと置いた。

これなんぞ？

『仲よく皆でお酒を飲めて、偉い！』

本当に何だこれ……？

なにやらモコモコとしたぬいぐるみっぽいデザインをしたそれは、無闇やたらと『偉い、偉い』

と連呼する発声装置だった。

シルバーウルフさん曰《いわ》く。

「アレキサンダー様から預かってきた新開発モンスター、ホメゴロピィだ」

「あのダンジョン競争中に出てきたヤツか!?」

「今回はこんな風に形があるんじゃのう！　進歩が凄《すさ》まじいではないか！」

注目するクローニンズたちに囲まれて『偉い！』を連呼するぬいぐるみ。

苦労人たちは、自分たちの苦労が報われることに飢えている。そんな彼らにとって、あの全自動褒め殺し装置は貴重なんだろう。

「やはり苦労とはな……人間関係から出てくるものだと思うんよ」

『上手に語れて、偉い！』

早速小さなことから褒めちぎられておる。

「課せられた職務やクエストを達成することよりもずっと難しいのが人間関係。どんな仕事も一人では成り立たない。だからこそ一緒に働く人間がいるものだが、誰と組むかによって難易度は目まぐるしく変わるものだ」

「わかります！　わかりますぞシルバーウルフ殿!!」

『同意できて、偉い！』

荒ぶるのはマモルさんだった。

「私だってね！　本当はもっと楽にできるはずなんですよ！……いや語弊があるな。余裕をもって仕事ができるはずなんです！」

苦労人は言葉尻にも神経を使う。

『気遣いができて、偉い!!』

「しかしながらそんな私がいち四天王を超える作業量を割り振られてアップアップになるのは……何よりもまずベルフェガミリア様がサボりがちなので!!」

苦労人の困難な人間関係その一。

上司。

「魔王軍始まって以来の怠け者と称されるベルフェガミリア様！　そんなあの御方《おかた》が魔王軍のトップたる魔軍司令に任命されちゃったからさあ大変！　魔王軍のどんなに重要な議題も案件もあの御方は容赦なくサボる！　サボれば自然、処理されなかった案件は下へと流れてくる！　そうつまり、ベルフェガミリア様以外の四天王に!!　この私に！」

それが魔王軍四天王『貪』のマモルさんというわけだ。

「四天王というからには私以外にもいるっちゃいるんですけれど、二人が新人で経験不足なわけでして……、自然私がベルフェガミリア様の代行を務めることがメチャ多いんですよね……！」

『トップの代わりを務められて、偉い！』

実質この人が魔王軍を引っ張っていると言っても過言ではない。

与えられた階級を超える作業量。

それもすぐ上の上司のサボり癖ゆえ。マモルさんの苦労の源泉はそこにあった。

「やはり、我らの悩みは似通っているようだな……！」

「シルバーウルフ殿！　アナタも!?」

次はS級冒険者シルバーウルフさんのパートになるらしい。

「マモル殿に比べれば私などはまだマシな方かもしれんな。上司となればさすがに逆らうわけにもいかんし絶対的な相手だろうし。それよりは幾分かやりやすい相手と言えるだろう、同等の立場の相手というのは」

苦労人の困難な人間関係その二。

同僚。

「ゴールデンバットのアイツは!!　私と同じS級冒険者だというのにギルドの運営に関わらず自分の冒険ばかり！　上級冒険者にはな、冒険者全体を考えて公な立ち居振る舞いが求められるというのに、アイツはおかまいなし！　自分の冒険欲を満たすことしか頭にないのだ!!」

日頃の鬱憤が思い出されるのか段々とヒートアップするシルバーウルフさん。

……お酒飲みます？

「冒険者には実力さえあればそれでいいと思っているようで、しかも実際実力があるから始末が悪い。日頃から実力を示し続けるだけでS級であることを盤石にしてしまう！　そんなことができるのは同じS級の中でもアイツ以外にいない!!」

結果、冒険者全体のまとめ役、けん引役としての役回りはシルバーウルフさんに回ってきてしまう世の中。

それはシルバーウルフさん自身がそうした役割に適合しているということもあるが……群れを作る狼《おおかみ》の獣人たるゆえか。

『まとめ役ができて、偉い！』

「お前がやらないことを代わりにやって冒険者ギルドを支えているというのに！　ことあるごとに突っかかってきては『余計なことをしているからオレに勝てないんだ』だとーッ!?　余計じゃねえよ！　本来はお前もしなきゃいけない必要なことなんだよ!!」

シルバーウルフさん、語るほどにヒートアップ。

もうじゃんじゃん酒飲ませろ。焼酎濃いめに割れ。

苦労人の人間関係的に同僚は、上司よりはマシだと言われていたがむしろ逆かもしれない。

同等である分距離も近いし、軋轢《あつれき》などが発生したらもっと生々しいことになりそうだ。

このシルバーウルフさんとゴールデンバットみたいに。

これが上司の場合なら『あっちの方が偉いんだししょうがないね』という言いわけも使えるんだろうが、下手に同格ならそういうわけにもいかずに、互いの本質と向き合わざるを得ない。

「上司に同僚……なるほどたしかに大変じゃのう」

悟ったように言うのはゾス・サイラ。

三番手。

彼女もまた苦労が多い女性として有名であるが、ここ最近それが顕著に際立ってきた気がする。

やはり一番のきっかけは人魚国の宰相就任か。

「わらわの場合も人間関係に起因した苦労ではあるが……。なんというかのう、あの方との関係性は上司でも、同僚でもなく……」

苦労人の困難な人間関係その三。

支配者。

「シーラ姉さまは……。わらわはあの方には逆らえんからのう。実際逆らって殺されかけたことすらあるし、生命レベルの恐怖？っていうのが体に染みついているから厄介なもんじゃわい」

凄まじいことを、何でもないことのように言う。

どんなに厄介な人間関係でも命に係《かか》わるまで達した例はない。

さすがに他二人の苦労人たちも引き気味であった。

『生きてて、偉い！』

「姉さまも出会った頃よりは随分丸くなったから助かってはいるが……その代わりとばかりに人魚王と結婚して別の厄介が出てきたの。お陰でこんな煩わしい役職を押し付けられるし……」

ゾス・サイラが人魚宰相に就いたのも、前王妃となったシーラさんの要請だからな。

誰よりも自由と気紛《きまぐ》れを愛する人魚であるところのゾス・サイラ。そんな彼女を縛り付けることができるんだからシーラさんの影響力はとんでもないということがわかる。

「でものぉおおおおッッ!!　宰相なんて、わらわのガラじゃないんじゃよぉおおおおおッッ!!　わらわはハードボイルドでアウトローでいたいの!!　酒と賭け事が友だちなんじゃよぉおおおおおおおッッ!!」

泣き叫ぶゾス・サイラ。

宰相という表側の最高権力者の地位につきながらも無法者の心を忘れない。

うーむ。

こうしてみるとクローニンズたちの苦労に共通することは必ず、その近いところに厄介な人材が配置されているということか。

マモルさんには厄介な上司。

シルバーウルフさんには厄介な同僚。

ゾス・サイラには厄介な支配者。

それに比べたら俺などは、この異世界に来てからは人間関係にはとんでもなく恵まれているよな。

奥さんのプラティは元気で健気《けなげ》だし、ヴィールや先生もいい人たちだ。

魔王さん始めいい友人にも恵まれているし、レタスレートは……問題があったのは最初の方だけ!!

まあ、ここまで列挙した人物それぞれ騒乱の元になったりしたものだったけれど。

つまりは俺は、人の巡り合わせに恵まれたんだな!

ただ異世界でチート能力を貰《もら》っただけではない!

我が異世界運のなんと幸運たるものか!

「チクショーずるいぞ聖者め! わらわだってもっとめぐり逢《あ》いの運が欲しかったわい! わらわをもっと優しく包み込んで、悪さも全然許してくれる義姉妹が欲しかったわい!!」

嘆くゾス・サイラ。

しかしよく考えてほしい。

ゾス・サイラという異才は、コイツ自身に運用を任せるとロクなことにならない。

当人が悪ぶって世の役に立とうとしないので。

シーラさんという絶対的に手綱を握る存在がいてこそ、この天才魔女は人魚宰相に抜擢《ばってき》され、世のため人のために働いてくれてるんではないだろうか？

そう考えるとシーラさんの存在はゾス・サイラ当人にとっては迷惑かもしれない、しかし人魚国全体にとっては救いなのではないだろうか？

「なにをぉ!? いや、そんなこと言われてもわらわ、別に世の中の役になんて立ちたくねーし……！」

『皆の役に立ってて、偉い！』

指摘されるとまんざらでもないのか、ゾス・サイラはプイと視線を逸《そ》らした。

「……言われてみると、私も心当たりがあるような……!?」

マモルさんまでもが述懐するように言う。

「そりゃベルフェガミリア様は怠け癖の帝王で、魔軍司令としての職務をほとんど私に押し付けてきますけれど。それでも本当にあの人でなくちゃ片付かない重要な案件はしっかり処理してくれるんですよね。面倒くさいと言いながら……！」

ベルフェガミリアさんは最強の四天王。

だからこそ怠けまくりながらも魔王軍のトップに君臨できるのだし、その圧倒的な実力を求められている。

最低限の仕事すら怠けているわけではなく、逆にその圧倒的実力を発揮すれば、魔王軍の責務すべてを彼一人で片づけられてしまうに違いない。

「それをあえて怠けることで、下の方へ仕事を回してくれている。特に私は、前任のやらかしで今も苦しい立場にあるからむしろベルフェガミリア様に活躍の場を与えてもらっているともいえる……!?」

「それを言うなら私だって思うところがあるなあ」

シルバーウルフさんまで気づきを得ている。

「ゴールデンバットの振舞いも、それはそれで正しい冒険者の在り方だということはわかるんだよ。結局のところ冒険者は、個人の活躍によってのみ価値を決定できる。それなのにギルドに肩入れしすぎる私に、アイツも歯がゆい思いをしていたのかもしれないなあ」

『気づけて、偉い！』

各々天敵とも言うべき苦労の元となる人間関係を持っている。

しかし、そんな天敵たちも見方を変えれば苦労人たちを助けたり活躍の場を与えてやってたりする。

迷惑だけが関係性ではないんだ。

「そうよなあ。わらわだってよく考えれば、シーラ姉さまのこと嫌いってわけでもないしのう。ビビるほど怖い存在ではあるが、その一方であのデタラメな強さに憧れたもんじゃ。そしてそんな姉さまの妹分であることに誇りを持っておった……」

「ゴールデンバットとよきライバルとして切磋《せっさ》琢磨《たくま》し合えたからこそ今の私がある。そう邪険にするものでもないよな」

「そうですね、自分たちの苦労を他人のせいにするのは卑怯《ひきょう》ですよね！　困難はあっても、それは自分たちを成長させるための試練を与えてもらっていると思わないと!!」

意図するまでもなく勝手にいい方向へまとめていくクローニンズたち。

わかる、わかるぞ。

ああして周囲の印象をポジティブに持っていくことで、自分のしょい込む苦労をより大きくする。

それもまた苦労人の一種の特徴であることに！

『分析できて、偉い！』

「よし！　今日は飲みまくるぞ！　おなじ苦労を背負う同志との出会いを祝って！」

「我々を支えてくれるすべての人々に!!」

「わらわたちは一人で生きてるんじゃないんだのう……！」

そして泣きながらお酒を呷《あお》り始めた。

ええい、こうなりゃ飲ませちまえ。すべてを忘れるくらいに。

人間酔って全部を忘れ去れれば楽なんだ。

焼酎もウイスキーもストレートで飲ませろ。

ハイボールの炭酸抜きだ。
『酔っぱらいの相手ができて、偉い!!』
俺も褒められた。
うむ……もしや俺、今まさに酔っぱらい相手に苦労している?
俺も今、苦労人の道を登り始めたか!!

# あとがき

岡沢六十四《おかざわろくじゅうよん》です。

『異世界で土地を買って農場を作ろう』十五巻をお買い上げくださりありがとうございます。

十五巻！

なかなかキリがよいですね！

キリのよさでは十とか百には敵《かな》いませんが、折り返しという意味で『五』という数字にも相応の切りのよさを感じます。

私が九九で一番好きなのが五の段でもあります。

5×1＝5
5×2＝10
5×3＝15
5×4＝20……。

一段上がるごとにクッキリハッキリ5と0が交互に入れ替わっていく規則正しさが好きです。

なのでそんな五の倍数に当てはまる十五巻はやっぱり区切りのよさを感じますね。

これからも新たなキリ番を踏めるように頑張っていきたいです!!

……キリ番ってもう死語かな？

ここから内容の話になりますが、今回の目玉エピソードはやはり新・龍帝城でのダンジョン競争でしょうか。

久々に大きなイベントで、新キャラもじゃんじゃん出てくるし賑《にぎ》やかで楽しいエピソードでした。

自分でも愉快に書き進めることができました。

主な新キャラはシルバーウルフ以外のＳ級冒険者の面々、それに魔王軍四天王のマモルさんですね。

マモルに関してはもう随分前から設定だけはあり、何ならキャラの語りの中だけでなら二巻辺りで登場しているという、変な意味で息の長いキャラとなります。

まさか登場するまでにこんなに時間がかかるとは……。

見えないところで活躍する『縁の下の力持ち』キャラは実際にも重要な立ち位置ですし、キャラクターとしても好きなので、今回日の目を見られてよかったですね。

詳しい描写は本作二巻の『魔宮廷闘争』の回をご確認ください。

そしてＳ級冒険者たちも名前だけならシルバーウルフの初登場エピソードで既に登場している人たちですね。

獣人が人族に属している、という設定が出来上がった時から、何らかの人族の上位には獣人が君臨しているという風な描き方をしておきたかったです。それも今回日の目を見ました。

中でも獣人同様に異世界召喚された勇者の設定もどこかで活用したいと思っていましたので、Ｓ級冒険者の中にブラウン・カトウさんを追加してみました。

カトウさんの初出はｗｅｂ上で公開されている番外編で、今回本編でも登場できたことに喜びを感じています。

Ｓ級冒険者は『色＋動物名』がネーミングのルールなので、カトウさんもそれに合わせてみようと考えました。

発想元はもちろんザ・ドリフターズのメンバーの一人、加藤茶《かとうちゃ》さんです。

ドリフターズ自体がもうかなり昔に活躍したグループなので、どれだけの人に通じるか不安でしたが。

当時は皆知ってて当たり前ぐらいの知名度だったんですが……。

ノスタルジーを感じつつ、これぐらいで締めにしたいと思います。

本作の制作に関わってくださったすべての人に感謝。

そして次の巻でまたお会いできることを祈って。

作品のご感想、ファンレターをお待ちしています

あて先

〒141-0031　東京都品川区西五反田8-1-5 五反田光和ビル4階
ライトノベル編集部
「岡沢六十四」先生係／「村上ゆいち」先生係

# 異世界で土地を買って農場を作ろう 15

発　行　２０２３年９月25日　初版第一刷発行
著　者　岡沢六十四
イラスト　村上ゆいち
発行者　永田勝治
発行所　株式会社オーバーラップ
〒１４１－００３１
東京都品川区西五反田８－１－５
校正・ＤＴＰ　株式会社鷗来堂
印刷・製本　大日本印刷株式会社


ISBN　978-4-8240-0610-3 C0093



【オーバーラップ　カスタマーサポート】
電　話　０３－６２１９－０８５０
受付時間　10時～18時（土日祝日をのぞく）

Lv 2から
Chillin Different World Life
of the EX-Brave Candidate was Cheat
from Lv 2
チートだった元勇者候補のまったり異世界ライフ
Story by Miya Kinojo
鬼ノ城ミヤ
Illustrations by 片桐
シリーズ
好評発売中!
型破りな無敵夫妻の
異世界
ファンタジー!
OVERLAP
NOVELS